KB105197

퀴어의 세계사

세계사를 바꾼 23명의 LGBT 이야기

『퀴어의 세계사』에 쏟아진 찬사

"『퀴어의 세계사』는 대화체에 빠른 전개, 대중문화적 감수성까지 어우러진 책이라서 이 이야기가 알고 보면 여러 편의 (그것도 놀랍도록 시의적절한) 전기문이라는 사실을 잊고 읽게 된다. 성소수자 선구자들의 이야기에 흥미가 있는 사람은 물론, 로마 황후 엘라가발루스의 위엄을 아직 모르고 있는 사람까지 반드시 읽어야 하는 책이다."

– 메러디스 러소, 스톤월상 수상작 <If I was your girl> **저자**

"접근하기 쉬우면서도 때로는 불손한 이 책은 세심한 연구의 산물이다. 때로는 마음 아프기도 하지만 또 그만큼 미친 듯이 웃긴다. 성소수자의 역사를 놀랄 정도로 다양하게 조사한 이 책은 성소수자의 가능성이라는 우리의 무기고에 아주 영양가 있고 고무적인 무기가 되어줄 것이다. 성소수자든 아니든 상관없이 우리 모두가 읽어야 한다."

– 새러 맥커리, 람다 어워드 후보 <About a Girl> **저자**

"우리가 누구이고 또 무엇이 될 수 있는가 인식하는 것은 아주 중요하다. 참으로 다행스럽게도 우리는 마침내 성소수자 아이들이 역사의 일원으로 참여할 수 있는 시대에 살게 되었다! 『퀴어의 세계사』는 이 세상에 있는 모든 성소수자 아이들에게 귀중한 자원이다. 아이들에게 너희는 혼자가 아니라는 사실을 알려주도록 하자. 성소수자의 역사가 있다는 것을 알려주자. 이 책은 생명줄이자 선물이다."

– 저스틴 사이어, <Husky> **작가이자 연기자, 저술가**

"와! 우리가 이제 퀴어라고 부르게 된 사람들, 시대와 공간에 널리 퍼져 존재했던 사람들의 이야기를 하는 건 쉽지 않은 일이다. '책을 손에서 뗄 수가 없다'라는 말로는 너무나 부족하다. 새러 프레이거는 멋진 일을 해냈다. 우리에게 '용감하게 사는' 법을 모두 알려주니까."

– 릴라 J. 러프, <Sapphistries: A Global History of Love between Women> **저자,** <Understanding and Teaching U.S. Lesbian, Gay, Bisexual, and Transgender History> **공편, 샌터바버라 대학 교수**

"이 책을 읽는 것은 아주 좋은 (그리고 아주 똑똑한) 친구와 함께 역사를 토론하는 것과 같다. 그것도 가식 없고, 지혜로 가득하고, 격의 없으면서도 유익한 방식으로 이야기하는 것이다. 『퀴어는 언제 어디에나 있었다』는 마치 아주 상쾌하고 신선한 공기를 마시는 것처럼 간절히 필요했던 것이다. 반드시 읽어 보자!"

– 셰인 비트니 크론, 활동가, 다큐멘터리 <Bridegroom> **제작자**

“『퀴어의 세계사』에서 새러 프레이거는 불가능하다고 생각했던 일을 해냈다. 수천 년 동안 이어진 복잡한 역사를 가지고 젊은 독자들이 재미있게 읽을 수 있도록 만들었으니까. 프레이거는 우리에게 스물세 명의 매혹적인 이야기를 들려준다. 그중 몇 가지는 익숙하게 알던 인물(예를 들어 에이브러햄 링컨)의 새로운 면을 알려주기도 하고, 역사에서 거의 잊히다시피 한 인물(예를 들어 엘라가발루스)을 발굴하기도 했다. 이 책은 가벼운 유머와 흠 잡을 데 없는 학식을 섞어서 독자들이 ‘다음에는 뭐가 나올까’ 하며 책장을 계속 넘기게 만든다. 한마디로 프레이거는 2천 년의 성소수자 역사에 재미와 사실을 섞어서 잊을 수 없는 개요를 보여준다.”

– 케빈 제닝스, GLSEN 설립자, 전 미국 교육부 부차관보, <Becoming Visible: A Reader in Gay and Lesbian History for High School and College Students> **저자**

“『퀴어의 세계사』는 우리 사회에 중요한 공헌을 한 스물세 명의 성소수자들의 삶을 보여주는 강력한 교육 서적이다. 이 책은 우리의 성소수자 영웅들과 지도자들을 전 세계에 교육하기 위한 필수적인 도구다.”

– 호세 구티에레즈, 라틴계 성소수자 역사 프로젝트 창설자, 레인보우 역사 프로젝트 공동창립자

“즐겁고도 읽기 쉬운 이 책을 통해 프레이거는 그들의 시대와 장소에 통용되던 젠더와 성규범에 도전하고 세상을 바꾼 스물세 명의 역사적 인물들을 폭넓고 다양하게 소개한다. 나는 모든 이야기를 재미있게 읽었다.”

– 로빈 옥스, 교육자, <Getting Bi: Voices of Bisexuals around the World> **저자**

“우리에게 실제 삶의 다양성을 보여주는 주목할 만한 사람들을 그린 놀라운 책이다. 젠더는 대다수 사람이 그런 척하는 것과는 달리 간단하지가 않다!”

– 수잔 스트라이커, 에미상 수상작 <Screaming Queens: The Riot at Compton’s Cafeteria> **공동연출,** <Transgender History> **저자**

퀴어의 세계사

세계사를 바꾼 23명의 LGBT 이야기

새러 프레이거 지음 | 심연희 옮김

살림

리즈에게, 그리고

내일의 역사를 만들어가는

모든 퀴어 활동가들에게 바칩니다.

목차

프롤로그

먼저 질문부터 하나. 미국 초대 대통령 조지 워싱턴은 이성애자였을까?

뭐… 아마도 그럴 것이다.

미국 초대 대통령의 성정체성에 대해 생각하는 사람은 거의 없다. 그가 여자와 결혼했는지 여부와 상관없이 당연히 이성애자라고 가정할 뿐이다. 역사책에는 별다른 언급이 없으니까. 하지만 역사적 인물을 두고 어떤 가정을 세운다는 건 제대로 알지 못한 상태에서 과거를 다시 쓰는 일과 같다. 우리가 알고 있다고 '여겼던' 역사적 인물의 성정체성이나 성적 지향에 관해 우리는 어떤 가설을 세우고있는가? 이러한 가설이 과거나 현재를 바라보는 관점을 어떻게 형성하는가?

학교에서 배우는 역사책에서는 거의 모든 사람을 이성애자로, 또 시스젠더(cisgender, 생물학적 정체성과 성정체성이 일치하는 사람—옮긴이)로 간주한다. 그런데 알고 보면 퀴어(queer)는 모든 대륙에서 어느 시대나 역사의 일부로 존재해왔다. 퀴어라는 개념이 새롭게 나타난 게 아니다. 퀴어는 '인류'가 나타났을 때부터 함께해왔다! 이 사실을 인정함으로써 스스로 퀴어라고 여기는 사람들은 앞서 자신의 권리를 위해 싸우고 확고한 신념을 지녔던 자랑스러운 퀴어 선배들이 있었다는 사실을 깨닫게 된다. 나 홀로 퀴어가 아니라는 것을 깨닫고 역사 속에 나타난 퀴어 인물들을 살펴보다 보면 수많은 인물을 찾아내는 데 도움이 된다. 퀴어의 세계사를 알게 되면 동성애나 양성애, 트랜스젠더에 대한 혐오를 줄이고, 오히려 퀴어라는 정체성을 사랑과 포용력을 가지고 주류 안에 기꺼이 맞아들일 수 있다. 이는 퀴어뿐만 아니라 스스로 남들과 다르다고 느끼거나 일반적인 역사 속에 받아들여지지 못하는 이들에게도 중요하다.

퀴어는…

'퀴어'라는 말은 무엇을 뜻할까? 이 단어는 사람마다 매우 다양한 의미로 사용하고 시대에 따라서도 매번 다르게 정의된다. 어떤 사람에게 퀴어는 고통스럽고 모욕적인 단어다. 또 어떤 사람에게는 재규정된 단어이기도 하다. 이 책의 목적에 따르면 '퀴어'는 이성애자나 시스젠더가 아닌 사람, 즉 사회에서 정한 성정체성과 성적 지향에서 벗어난 사람 모두를 가리킨다. 이 책에 나오는 '퀴어'란 게이, 레즈비언, 양성애자, 트랜스젠더(이 넷은 흔히 LGBT 또는 GLBT라는 약어로 뭉뚱그려진다)만을 의미하지 않는다. 이 네 단어는 현대에 와서 만들어진 말로 퀴어 전체 중 일부만 가리킬 뿐이다. '퀴어'는 젠더퀴어(genderqueer, 남성과 여성이라는 성별 구분에서 벗어나 그 외의 성적 정체성을 가지는 상태—옮긴이), 팬로맨틱(panromantic, 상대의 성별이나 성정체성에 상관없이 사랑의 감정을 느낄 수 있는 사람—옮긴이), 무성애(asexual)를 비롯해 아직 어떤 이름이 붙지 않은 퀴어의 특징(예를 들어, 생물학적 성에 부합하지 않는 성정체성이나 아프리카계 미국인들 사이에서 주창되는 세임 젠더 러빙[same-gender loving]을 보이는 사람들의 정체성)을 모두 포함한다. 이런 단어나 개념 중 대부분이 200년 전에는 존재하지도 않았다. 거짓말이 아니다. '이성애(heterosexual)'와 '동성애(homosexual)'라는 단어는 1869년에야 생겨났다. 물론 그 전에도 동성에게 반하고 데이트하고 섹스하고 사랑하는 일은 있었다. 퀴어들은 늘 그래왔다. 하지만 과거의 행동에 현재의 용어를 붙이는 건 까다로운 작업이라 단어를 현명하게 선택해야 한다(다양한 퀴어 용어가 궁금하다면 책 뒤에 있는 용어 설명을 찾아보자).

따라서 퀴어의 역사에서 사용하는 용어들은 그 역사 자체만큼이나 복잡하다. 우리는 전 세계적으로 다양한 퀴어 용어를 수천 가지까지는 아니더라도 수백 가지는 찾아볼 수 있다. 여러 퀴어 모임 안에서 그들끼리만 사용하는 용어는 얼마든지 있는데, 예컨대 영국에서 게이를 지칭할 때 쓰는 '폴라리(polari)'나 남아프리카공화국에서 쓰는 '게일(gayle)'이 그렇다. 영어에서 퀴어와 관련된 용어는 처음에 정체성에 관한 감각이 아닌 실제 성행위에 더 초점이 맞춰져있었다. '소도마이트(sodomite)'는 '남색을 저지르는 사람'이라는 뜻이다. '남색(sodomy)'이라는 단어는 성경에 나오는 소돔이라는 도시에서 유래된 말로 폭력과 잔혹 같은 단어와 동급이며, 특히 성경에 나오는 기록된 동성 강간 시도의 일화를 배경으로 한다. '남색'은 남자가 남자와 성관계하는 것을 가리키는 말이다. 당연히 남자와 남자 간의 성관계를 금지하는 단어로 사용되었다. 자신의 정체성을 '게이'로 규정하는 건 아직 먼 일이었다. 당시에는 동성애 성향이 아닌 '성행위하는 것 자체'가 불법이었다.

동성 간의 성적 끌림을 중심으로 새로운 개인의 정체성이 형성되기 시작하자 이에 따라 언어도 확대되었다. 1800년대 유럽에서는 '여자의 영혼을 가진 남자'를 뜻하는 '유레이니언(uranian)'이라는 말이 사용되었고, 같은 시기에 '양성애(bisexual)'라는 말도 생겨났다(그 전에는 하나 이상의 성별에게 성적 매력을 느끼는 사람을 묘사하는 영어 단어가 존재하지 않았다). 그 후 1900년대 유럽과 북미 지역에서는 동성에게 매력을 느끼는 사람을 모두 '동성애' 성향으로 분류했다. 이 말에는 복잡한 정체성을 구별할 만한 여지가 없었다. 좀 더 지나 1950년대와 1960년대 북미 지역에서는 '동성애자들(homosexauls)' 대신 '동성연애자들(homophiles)'이라는 말을 쓰자는 대중운동도 있었는데, 이는 섹스 자체보다 동성의 '사랑'을 강조하는 용어였다. 물론 이 용어는 오래가지 않았다.

여성의 경우, 요즘 우리는 여자에게 매력을 느끼는 여자를 가리켜 '레즈비언(lesbian)'이라고 부른다. 레즈비언의 어원을 따져보면 '레스보스 사람'이란 뜻으로, 레스보스는 기원전 600년경에 다른 여성들을 사랑하는 내용의 시를 쓴 여성 시인 사포의 고향인 그리스의 섬이다. 하지만 이 단어는 오랜 세월이 흐른 뒤에야 지금의 의미를 갖게 되었다(여기서 재미있는 일화가 하나 있다. 레스보스섬 주민들, 즉 진정한 의미의 '레즈비언'들은 2008년에 그리스의 '동성애와 레즈비언 모임'에 대해 동성애자 여성을 가리키는 말로 레즈비언을 쓰지 말라며 소송을 제기했다가 패소했다). 레즈비언이라는 말이 대중화되기 전에는 '트리버드(tribade, 시저링[가위치기: 서로의 외성기를 마찰시키는 체위—옮긴이]을 뜻하는 옛 용어인 '트리바디즘[tribadisme]'과 연관된 단어)'와 '사피스트(sapphist, 앞서 나온 시인 사포에서 비롯된 말)'가 쓰였다.

그다음으로 트랜스젠더(transgender) 및 생물학적 성에 부합하지 않는 성정체성을 가진 이들을 위해, 1910년 마그누스 히르슈펠트가 '트랜스베스타이트(transvestite)'라는 용어를 만들었다(마그누스에 대한 이야기는 뒤에 더 나온다). '크로스드레서(cross-dresser)'는 현재보다 그때 더 널리 사용된 말이다. 1970년대 들어 '트랜스젠더 같은' '트랜스젠더스러운' '트랜스젠더리스트' 같은 말들이 잔뜩 나와 잠깐 쓰이다가 결국 '트랜스젠더'로 정착되었다.

인터섹스(intersex, 간성)인 사람들을 가리키는 초창기 용어로 '허매프러다이트(hermaphrodite, 현재는 욕으로 쓰이지만 한때는 선호되던 용어였다)'라는 말이 있는데, 이는 고대 신화에 등장하는 신 헤르마프로디토스(헤르메스+아프로디테—옮긴이)에서 비롯되었다. 헤르마프로디토스는 숲의 요정 님프와 몸이 섞여 두 성性을 한 몸에 가지는 존재가 되었다.

사람들의 정체성을 묘사할 때 쓰는 언어는 매우 중요하다. 언어는 엄청난 힘을 가지고 있기 때문이다. 퀴어를 가리키는 단어는 영어에만 수백 가지나 있다. 그리고 어떤 사람이 자신을 규정할 때 사용하는 정확한 언어를 존중해주는 일 역시 중요하다. 따라서 본문에서는 각 인물이 스스로를 어떻게 지칭하는지 존중하는 의미에서 저마다 다른 인칭대명사를 쓰기로 했다. 어떤 이야기에서는 '그(he)'나 '그녀(she)'를 쓰지 않고 성별 중립적인 인칭대명사로 '그들(they)'이라는 대명사를 썼다. 또 어떤 이야기에서는 주인공들이 나중에 이름을 바꾸었다고 해도 태어났을 때 받은 본명을 쓰기도 했다. 트랜스젠더가 태어났을 때 받은 본명을 들먹이는 것은 요즘에는 상처가 되고 무례한 행동으로 여겨지기도 한다. 하지만 이 책에서 본명을 쓰는 것은 주인공이 성전환을 했더라도 그 후에 본명과 개명한 이름을 모두 사용했기 때문에, 또는 역사적 사실을 명확하게 드러내기 위해 부득이 그런 것뿐 다른 이유는 없다.

그때 거기에…

인류의 역사에서 퀴어적 성향이나 취향이 존재하지 않은 때는 없었다. 오스트레일리아 원주민에게도, 일본의 민속 문화에도, 미국의 노예 대농장에도 있었다. 신념 체계와 인종, 전통 유산과 문화가 무엇이든 퀴어는 존재했다. 어느 피부색과도 상관없이 항상 퀴어는 있었다. 앞으로 소개할 인물들은 사람들이 오랜 시간 동안 젠더와 성적 규범을 위반해온 다양한 모습을 특징적으로 보여줄 것이다. 그중에는 많이 알려진 역사적 인물이지만 퀴어적인 면이 있었다는 사실을 미처 깨닫지 못한 경우도 있다. 또 어떤 인물은 현재도 진행 중인 퀴어의 인권 운동을 만든 활동가였다. 이런 인물 하나하나가 바로 퀴어의 역사를 만들었다.

이처럼 놀라운 23명의 인물 이야기를 살펴보기 전에, 먼저 전체적인 배경과 맥락을 이해하는 것이 중요하다. 그들이 살아가던 시대에 전 세계와 지역 사회에서는 무슨 일이 있었을까? 당시 만들어진 퀴어의 인권 운동은 어떤 발전을 이루었을까? 역사상 문화권마다 퀴어를 수용하거나 수용하지 않는 정도는 매우 달랐다. 일부 문화권은 다양성을 존중하고 관용을 보이기도 했지만, 유럽 기독교 식민주의자들이 15세기부터 20세기까지 지구 곳곳을 정복하면서 이런 다양성과 관용을 베푸는 게 훨씬 어려워지고 말았다. 모든 지역에서 젠더와 섹스를 규정하는 방식이 순식간에 단 하나가 되어버렸으니 말이다. 물론 어느 지역은 자신들만의 독특한 방식을 간직하고 있다. 예를 들어 인도네시아의 부기족은 두 가지가 아닌 다섯 가지의 성별을 인정했고 그 개념은 지금도 이어진다. 하지만 전 세계적으로 보면 다양성은 떨어져도 한참 떨어져 있다. 젠더 정체성과 성적 취향에 관해 도덕적 의문을 제기하는 종교가 물론 기독교만은 아니지만, 퀴어에게 가해지는 박해가 늘어나게 된 원인은 기독교의 부흥과 깊은 관련이 있다. 하지만 주류의 태도가 변하고 서로에 대해 더 많이 이해하게 되면서, 전 세계의 퀴어 이야기는 매일 다시 쓰이고 있다.

유럽

고대 그리스와 로마에서 남녀의 결혼은 성적 끌림이나 낭만적 사랑이 아니라 파트너십과 육아에 초점이 맞춰져 있었다. 남편은 여자 첩을 두거나 나이 어린 소년과 관계를 맺으며 성생활을 즐기는 일이 흔했다.

기원후 700년대부터 1000년대까지 무슬림의 지배를 받을 당시 에스파냐의 이름은 알 안달루스였는데, 알 안달루스의 지도자 계층에서도 퀴어적 특성이 공공연하게 드러났다. 코르도바의 어느 남성 칼리프는 남자들로 이루어진 하렘(harem, 이슬람 국가에서 일반적으로 부인들이 거처하는 방—옮긴이)을 두었다. 아내에게 소년의 옷을 입히고 자파르(Djafar)라는 남자 이름을 붙여서 침실에 들이는 방법으로 자신을 '흥분'시키고 집안의 대를 이어갔다.

중세에는 '남색자'가 인기 있는 희생양이 되었다. 지진이나 전염병처럼 신이 보냈다고 여겨지는 재앙이 닥치면, 악한 마을을 정화시키는 방법 중 하나가 바로 남자와 성관계했다고 추정되는 남자들을 잡아다가 처형하는 것이었다(안타깝지만 이런 희생양은 지금도 세계 도처에 존재한다). 마찬가지로 에스파냐 종교재판도 퀴어들을 겨냥했다. 유럽 식민주의자들은 가는 곳마다 동성애 혐오를 전파했고 그 유산이 세계의 많은 지역에 여전히 남아 있다. 현재 동성애를 금지하는 나라들이 금지법을 고수하는 것은 이 법이 대부분 영제국의 식민지 시절에 생겼기 때문이다. 당시만 해도 영제국은 지금의 영국처럼 세계에서 퀴어를 가장 널리 받아들이는 나라가 아니었다. 어째서 식민주의자들이 동성애자를 박해의 대상으로 삼았는지는 아직도 그 이유가 불확실하다. 성경을 악의적으로 해석해 적용했다고 볼 수만은 없다. 식민지에서는 탐욕 등 기독교에서 금지하는 다른 죄악들을 범죄로 규정하지 않았기 때문에, 동성애를 그저 '자연스럽지 못한 것'으로 바라본 것이 중요한 이유로 추정된다. 식민주의자들은 다른 문화권에서 동성애가 얼마나 일상적으로 존재해왔는지 깨닫지 못했다.

19세기 후반까지도 유럽의 퀴어들은 공동체를 이루어 자신들의 권리를 공식적으로 주장하지 못했다. 그러다가 1800년대 후반에 독일에서 처음으로 퀴어 옹호론이 대두되었다. 그들은 스스로를 그저 이상한 짓(그러니까 태어날 때 부여받은 성별과 어울리지 않는 옷을 입는 등)을 하는 사람이라고 생각하지 않고, 퀴어라고 생각하기 시작했다. 앞서 말한 마그누스 히르슈펠트를 기억하는가? 그는 유대계 독일 의사로는 처음으로 퀴어의 권익을 위한 모임을 창설하고 성전환 수술 분야의 선구자가 되었다. 동성에게 끌리는 현상과 젠더 불순응(gender nonconformance)을 최초로 연구하기도 했다. 하지만 1930년대 들어 나치가 정권을 잡자 이제껏 이루어진 발전이 한순간에 무너지고 말았다. 나치는 약 10만 명의 남성을 동성애자라는 죄목으로 체포하고 강제수용소로 보내 죽였다. 마그누스의 성연구소도 싹 불태워버렸다. 훗날 20세기 후반에 와서야 서유럽 국가들이 퀴어 관련 입법을 시작할 때 그의 업적이 다시 주목을 받았고, 서유럽 국가 중 네덜란드가 2001년 동성 결혼을 합법화한 최초의 나라가 되었다.

아프리카

아프리카는 인종, 문화, 언어가 세상에서 가장 다양한 대륙이다. 그만큼 퀴어의 종류도 다양하다. 중앙아프리카의 잔데족은 20세기까지 남성 간 섹스와 결혼이 일반적이었다. 부르키나파소의 모시족 궁전에서는 남자로 태어난 사람들이 여자의 외양을 갖추고 여자 역할을 했다. 다호메이 왕국(지금의 베냉)에서는 여성도 군인이 되고 여자 아내를 맞이할 수 있었다. 은동고 왕국(지금의 앙골라)의 어떤 지도자는 여자로 태어났지만 나중에 통치자가 되자 외모를 남자처럼 꾸미고 하렘을 만들었다. 하렘 안에는 지도자의 아내로 알려진 남자들을 두었는데, 이들은 여자처럼 차려입었다고 한다. 이러한 식민지 이전 시대의 아프리카 퀴어 문화에 관한 출처는 대부분 1600년대에서 1800년대까지 처음으로 아프리카인을 만난 유럽인들의 글을 통해서다. 유럽인이 아프리카에 도착하기 전에는 이러한 젠더 불순응 문화가 얼마나 오랫동안 이어져왔는지 알 수 없다.

유럽인들이 차츰 아프리카 대륙의 많은 지역을 점령하면서 그곳에 남아 있던 퀴어 문화를 상당수 지워버리는 데 성공했다. 예전만큼 퀴어가 용납되지 않은 것은 물론이고, 퀴어의 역사도 위축되었다. 그래서 21세기 아프리카의 주된 담론은 동성애가 서구 사회에서 들여온 수입 개념이라는 것이다. 아프리카 대륙의 퀴어 반대 시위를 보면 "동성애는 아프리카적인 것이 아니다(Homosexuality is un-African)"라는 구호가 반복해서 등장한다. 2009년에는 일단의 미국 복음주의자들이 우간다를 방문해 좌담회와 워크숍을 열고 '게이 담론'의 위험성과 이것이 '전통적인 가족'에 가하는 위협을 논했다. 그해 말, 우간다 반동성애법(Anti-Homosexuality Act)이 국회에 제출되었다. 이 법에 따르면 '동성애 범죄(동성 간의 성관계 또는 결혼)'를 저지르면 무기징역, 동성애 범죄 미수는 징역 7년, 그리고 '가중처벌 가능한 동성애(동성 섹스에서 한쪽이 18세 미만 미성년자일 경우, HIV 보균자일 경우, 기타 특정 사항에 해당할 경우)'는 최고 사형이다. 이에 협력하는 이성애자도 처벌받을 수 있다. '동성애 행위를 돕거나, 사주, 상담, 알선하는 행위'도 최고 징역 7년형이다. 이 얘기는 게이 아들을 당국에 신고하지 않은 어머니도 '감옥에 갈 수 있다'는 말이다. 이 법안은 '가중처벌 가능한 동성애'에 사형 대신 최대 무기징역을 선고하는 방향으로 개정되어 2014년에 통과되었다. 하지만 전 세계 나라 가운데 10개국에서는 여전히 동성애 행위에 대한 처벌로 사형이 있고, 아프리카 국가의 절반 이상이 동성애를 범죄로 규정하고 있다.

하지만 진전도 이루어지고 있다. 경찰은 끊임없이 퀴어 전용 술집을 단속하고 폭력과 살인의 위협도 계속 존재하지만, 아프리카 퀴어 활동가들은 우간다 등지에서 활동하며 프라이드 퍼레이드를 열고 출판물을 배포하며 옹호 단체를 결성하고 있다. 정부와 경찰이 아무리 진압하려 해도 이 용감한 활동가들은 활동을 그치지 않는다. 결국 2006년 남아프리카공화국이 동성애자 단체를 합법화하고 2015년 모잠비크가 동성애를 처벌 대상에서 제외하는 등 법적인 부분에서 변화가 일어나고 있다.

아시아

힌두교에서는 무려 1세기부터 간성 신들이 숭배의 대상이었다. 예를 들어 몸이 반으로 나뉘어 반은 여신이고 반은 남신인 아르다나리스와라가 있다. 중동 지역의 유명한 남성 정복자들 가운데도 남자를 좋아하는 사람이 많았고, 그 문화권에서는 양성애가 매우 일반적이었다.

양성애와 다자간 사랑(polyamory, 두 사람 이상을 동시에 사랑하는 것—옮긴이)은 중국 한漢나라에서도 평범한 일이었다(물론 기원전 이야기다). 한나라의 황제 10명은 대를 이어 여자 아내와 공식적인 남자 배우자를 둘 다 곁에 두었다. 이러한 관습은 어떤 황제가 남자 후궁을 정계에서 승진시키고 사치스러운 선물을 하는 등 지나친 행동을 보이면서 결국 끝이 났다. 이 황제는 자신이 죽은 뒤에 후궁이 황위를 잇기를 바랐지만, 관료들은 황제 승하 후 후궁을 살해해버렸다(전한 제 13대 황제 애제와 그의 총애를 받은 동현을 이르는 듯하다. 실제로는 동현은 애제 병사 후 궁지에 몰리자 자결하였다—옮긴이).

남아시아에서는 남자로 태어났지만 여자로 보이는 사람을 '히즈라(hijra)'라고 부른다. 이들은 남자도 여자도 아닌 논바이너리(nonbinary, 제3의 성. 여성도 남성도 아닌 성별로 이분법적인 성별에 속하지 않는 사람-옮긴이)

로 여겨진다. 인도와 파키스탄, 방글라데시에서 '히즈라'는 법적으로 제3의 성으로 인정받는다. 제3의 성과 트랜스젠더 정체성에 관한 이 지역의 역사적 기록은 『카마수트라』가 쓰인 2,000년 전까지 거슬러 올라간다. 1800년대 중반부터 1900년대 중반까지 영국이 인도를 통치했을 때, '히즈라'는 '범죄 집단'으로 분류되어 철저한 감시와 탄압을 받았다. 현재 인도에서는 '히즈라'에게 여전히 수많은 사회적 오명을 씌우고 있지만, 그래도 얼마간은 어마어마한 진전을 이뤘다. 락스미 나라얀 트리파티는 2008년 아시아 태평양 지역 트랜스젠더 최초로 주 유엔 대표가 되었고, 2015년 마두 키나르는 자기가 사는 지역의 시장으로 선출되었다.

오세아니아

퀴어에게도 자신들만의 나라가 있다는 사실을 알고 있는가? 산호해제도에는 게이와 레즈비언의 왕국이 있다. 2004년 오스트레일리아에서 한 무리의 사람들이 동성 결혼을 금지하는 국가에 항의하고자 그레이트배리어리프 끝의 모래섬 몇 군데에서 독립을 선포했다. 게이 남성이 이 나라의 황제로 선포되었고, 퀴어 프라이드의 상징을 본떠 무지개 깃발 같은 우표 세트도 만들었다(물론 무지개 깃발이 이 나라 국기다). 지금은 아무도 살지 않고 유엔의 승인도 받지 않은 나라지만 그래도 대단하지 않은가.

오세아니아 전역을 살펴보면 태평양 섬들의 몇몇 원주민 중에는 식민지 이전 시대에 남성 간의 섹스를 문화의 일부분으로 받아들였다는 증거가 남아 있다. 오늘날에는 오세아니아 섬들 가운데 절반 정도가 동성 섹스를 법적으로 용인하지만 나머지 반은 그렇지 않다. 그러나 문화적으로는 평등한 세상으로 나아가고 있는 것 같다. 1999년 뉴질랜드의 조지나 베이어는 공개적으로 트랜스젠더를 선언한 사람 중에서 세계 최초로 국회의원이 되었다.

라틴아메리카와 카리브해 지역

다른 지역과 마찬가지로 라틴아메리카에도 퀴어의 역사가 풍성하다는 사실은 크게 놀랄 일이 아니다. 놀랍지 않은 일은 또 있다. 식민주의 시대는 절망적인 역사였고 오늘날에도 부정적인 영향을 주고 있다. 카리브해 지역 국가의 절반 정도는 1500년대에 영국 형법에서 수입한 남색 반대 법안을 여전히 시행 중이다. 그중 벨리즈는 2016년에 낡아빠진 '남색법'을 타파한 최초의 국가다.

라틴아메리카의 원주민 가운데는 동성애와 젠더 불순응에 대해 관용하지 않는 사람들이 있는 반면, 또 어떤 사람들은 아주 관용적이다. 그런데 1490년대부터 도착한 에스파냐 개척자들은 너무 여성적으로 보이는 원주민 남성들을 혐오스러운 대상으로 여기고 대량으로 학살했다.

멕시코에서 아르헨티나에 이르는 나라들은 1970년대부터 퀴어의 권리를 위한 조직을 형성하기 시작했고 중남미 5개국은 2010년에서 2016년 사이에 동성 결혼을 합법화했다. 그럼에도 대부분의 중남미 대륙

국가에는 트랜스젠더가 법적으로 성별을 바꾸는 것을 허용하는 법이 아직도 없다.

북아메리카

캐나다와 미국 전역의 원주민 대부분(수십 부족이나 되었다)은 한때 '두 개의 영혼을 소유한' 이들을 영예롭게 여겼다. 몸속에 남자의 영혼과 여자의 영혼을 모두 갖고 있다고 여긴 이들을 숭배하고 존경한 것이다. 그런데 또 무슨 일이 일어났을까? 바로 식민지 개척자들이 그들에게 들이닥쳤다. 미국 식민지들은 일찍이 남색을 금지했고 여기서 동성애 혐오증이 자라나 몇 세기 동안 대륙에 횡행했다.

미국은 1900년대 중반에 실제로 퀴어의 법적 권리를 위한 운동을 벌였다. 1965년 필라델피아의 한 레스토랑에서 일어난 연좌 농성에서 시작된 이 운동은 1966년 샌프란시스코의 식당에서 벌어진 폭동으로 이어졌는데, 이것이 첫 번째로 결성된 모임에서 일으킨 첫 시위다. 국가적으로 전환점이 된 사건은 1969년 뉴욕시에서 일어난 스톤월 항쟁(Stonewall Riot)이다(이 내용은 실비아 리베라 편에 자세히 나온다). 그로부터 9년 후 샌프란시스코에서 무지개 깃발이 퀴어의 상징으로 등장하면서 전국으로 퍼져나갔다.

그 후 1981년 7월 어느 날, 「뉴욕 타임스」에 "41명의 동성애자에게서 희귀한 암 발견"이라는 제목의 머리기사가 떴다. 이 질병은 처음에

GRID(게이관련면역부전증)라는 이름으로 알려졌고, 나중에는 HIV(인체면역결핍바이러스)가 일으키는 AIDS(에이즈, 후천성면역결핍증)로 알려졌다. 이 바이러스가 샌프란시스코에서 처음으로 나타났을 때 아무도 원인을 몰랐다. 바이러스 보균자 여부를 알아내는 테스트도 없었고, 당연히 치료 방법도 없었다. 바이러스는 게이와 양성애자 남성 모임을 중심으로 전 세계로 빠르게 퍼져나갔다. 1994년까지 미국에서 27만 명이 에이즈로 사망했다. 커뮤니티는 모두 와해되었고 이웃들은 사라졌다. 정부와 제약회사들이 치료나 예방 연구에 투자하지 않았기 때문에 사망률이 더욱 높아졌다. 활동가들은 다이인(die-in, 죽은 것처럼 드러눕는 시위 행동—옮긴이) 같은 과격한 시위로 대중의 관심을 불러일으켰다. 워싱턴 DC의 내셔널 몰을 거대한 추모 퀼트 이불로 덮거나 상원의원의 집에 거대한 콘돔을 씌우는 시위도 했다. 오늘날 HIV 바이러스는 성적 지향과 상관없이 우리 지역사회에 영향을 미치는 전 세계적인 전염병이 되었다. 지금은 치료법이 발달해 HIV에 걸린 사람이라도 약만 구하면 오래 살 수 있을 정도가 되었다. 하지만 안타깝게도 치료약은 너무 비싸고 많은 사람이 여전히 약을 구할 수 없는 형편에 놓여있다.

1980년대와 1990년대의 에이즈 위기를 통해 많은 나라, 특히 미국에서 '까놓고 드러내는' 활동이라는 새로운 물결이 일어났다. 1950년대와 1960년대에 이미 시작된 퀴어 행동주의의 불꽃이 이제 전 세계적으로 다시 점화된 것이다. 그래서 1990년대와 2000년대, 2010년대에 이르기까지 퀴어를 옹호하려는 노력은 계속해서 이어지고 있다.

현 시대에 달성된 진보의 결과는 한마디로 굉장하다. 미국에서는 퀴어에게 아무런 권리도 없는 상태로 시작해 이제는 없는 것보다 훨씬 나은 수준이 되었다. 물론 아직도 연방 차원의 차별 금지법은 없지만, 고용 차별 금지법과 같은 분야에서 많은 활동가가 자유와 안전, 심지어 목숨까지도 포기하면서 힘들게 퀴어의 승리를 쟁취했다. 21세기 미국에는 건국 이래 그 어떤 시대와도 비교할 수 없을 만큼 많은 권리가 보장되고있고 관련된 공동체들이 존재한다. 따라서 우리가 살고있는 지금 이 시기는 한마디로 매우 역사적이다.

그리고 어디에나 있다

퀴어의 역사는 세계사다. 모든 시대의 모든 문화권마다 나름의 이야기가 있다. 때로는 박해를 받은 비극적인 이야기이고 때로는 차별에 맞선 사랑과 자부심의 영웅담이기도 하다. 퀴어의 역사는 혁신에 관한 이야기다. 인간으로서 살아있는 존재가 되는 새로운 방법을 발견하고, 지구 공동체에 새롭게 기여하는 이야기이기 때문이다.

이제 이 이야기들을 읽을 시간이 되었다. 역사를 완전히 새로운 시선으로 바라볼 준비가 되었는가.

여성을 자처한 로마의 소년 황제

엘라가발루스

Elagabalus

203~222

당시 운동 경기장에서 보내는 하루는 별다를 것이 없었다. 토가 차림의 사람들이 모여있고, 올림픽 종목 경기들이 펼쳐졌고, 사람들은 대낮부터 술을 즐겼다. 당시 뛰어난 운동선수였던 조티쿠스는 달리기와 레슬링같이 대중이 좋아하는 운동을 연습하느라 정신이 없었다. 그러던 어느 날, 한창 경기를 치르고 있던 그에게 불량배가 달려들어 어디론가 끌고 갔다. 불량배는 궁전에서 보낸 자들이었다. 조티쿠스는 황제 엘라가발루스 앞으로 불려갔다. 황제는 늘 아름다운 남자를 주시하고 있었다. 특히 '거시기'가 참 크다는 소문이 돌고 있는 조티쿠스를 황제는 꼭 만나고 싶어했다.

궁전에 도착하자마자 조티쿠스는 머리에 화관이 씌워진 채 곧바로 '쿠비쿨라리우스'라는 지위를 얻었다. 황제의 개인 공간을 관리하는 집사 자리로 누구나 탐내는 지위였다.

조티쿠스는 자신을 부른 황제 앞에 서서 "황제 폐하 만세!"를 외쳤다. 그러자 엘라가발루스는 여성스러운 자세로 목을 길게 뺀 채 뜨거운 눈길을 던지며 말했다.

"날 남자 주군처럼 부르지 마. 난 여자니까."

황제에게 적응하기

엘라가발루스는 열네 살에 시리아군의 지원을 받아 로마에 입성해 황제 자리에 오르게 되었다. 권력을 갈망하던 엘라가발루스의 어머니가 선先황제의 사생아인 아들이 제위를 물려받아야 한다고 주장했던 것이다.

십대에 황제가 된 '그녀' 엘라가발루스는 통치도 열심히 했지만 내면의 정체성인 여성으로 살아가는 데도 열심이었다(당시 엘라가발루스의 기록에는 황제를 가리킬 때 '그녀'라는 말을 쓰지 않았지만, 황제는 스스로를 여자라고 부르는 등 성정체성에 관한 증거가 있기 때문에 이 책에서는 엘라가발루스를 '그녀'라고 부르기로 한다). 하지만 아무리 여성스러운 옷차림과 화장으로 꾸며도 엘라가발루스를 여자로 보는 사람은 아무도 없었다. 다들 황제를 아주 독특하고 이상한 젊은이로 볼 뿐이었다. 로마 정부와 시민들이 그녀를 존경하지 않은 것도 그 이유가 컸다. 여자 옷을 입은 남자라니? 그것도 '황제'가 여자 옷을 입는단 말인가? 절대 받아들일 수 없는 일이었다.

그렇지 않아도 엘라가발루스는 이상한 전통과 이교의 신들을 믿는 외국인이라 미움을 받기에 충분했다. 더군다나 로마의 전통과 신앙을 따르지 않아 상황은 더욱 좋지 않았다. 황제의 고문들은 백성들이 충격을 받지 않도록 기존의 남성용 토가를 입는 게 최선이라고 누누이 충고했지만 황제는 단칼에 거절했다. 대신 엘라가발루스는 시리아에서 로마에 입성하기 전에 자신의 거대한 초상화를 로마 원로원으로 보냈다. 야한 옷을 입은 황제의 초상화를 미리 보고 백성들이 황제가 앞으로 입을 복장에 익숙해지라는 뜻이었다. 황제의 취향은 누구도 따라 하지 못할 만큼 특이했다. 당시 로마인들은 평범한 양털 옷을 입었지만 엘라가발루스는 가장 좋은 비단옷을 입었다. 자줏빛과 금빛의 예복을 입고, 목걸이와 커다란 팔찌를 차고, 머리에 반짝이는 티아라를 쓰는 게 그녀의 스타일이었다.

새 황제가 사치스럽다는 풍문이 도는 일은 놀랍지도 않았다. 그녀가 개최한 우아한 연회에서는 낙타 뒷발굽이나 공작새 혀, 홍학의 뇌 같은 진미들이 나왔다. 심지어 개들도 거위 간을 먹을 정도였다. 황제의 요강은 마노瑪瑙로 만들었고, 도랑에는 포도주가 흘렀으며, 황금으로 황제의 동상을 세웠다. 로마인들은 이런 황제를 생전 처음 보았다.

로마의 천생 여자

약 4년의 재위 기간 동안 엘라가발루스는 (조티쿠스를 포함해) 다섯 명의 여성, 두 명의 남성과 결혼했다. 오타가 아니다. 정말로 4년이 채 못 되는 기간에 일곱 명의 사람과 결혼한 것이다. 게다가 결혼 생활 말고도 바람을 피우거나 불장난을 한 적도 많았다. 무엇보다도 가장 놀라운 점은 이 모든 일이 황제의 십대 시절에 벌어졌다는 것이다.

엘라가발루스는 스스로 여자라고 생각했지만 어쨌든 남자와의 결혼은 동성 결혼으로 여겨졌다. 로마에는 동성 간의 결혼이 있었고 심지어 선대 황제들 중에서도 동성 결혼을 한 사례가 있었지만 결코 흔한 일은 아니었다. 게다가 남자가 남자와 잠자리를 한다는 것이 용납되는 일이기는 했어도, 엘라가발루스의 통치 시기에는 그런 행위가 그다지 선호되는 분위기는 아니었다. 더욱이 곧 등장할 기독교가 로마의 지배 이데올로기가 되면서 그동안 양성애를 관용하던 입장은 완전히 뒤집히고 말았다.

엘라가발루스는 사람들에게 인기가 없었지만 굴하지 않았다. 자신의 화려함을 조금도 억제하지 않았다. 로마의 지배층과 군인, 일반 백성은 황제의 여성스러운 생활 방식에 기겁했지만 황제는 로마의 다른 여성들과 다르지 않게 살아갔다. 얼굴 제모를 하고, 화장품을 바르고, 목소리를 높여 내고, 여성복을 입고, 천을 짰다. 그녀는 어디서나 춤을 추었다(걸을 때나 연설할 때나 짐승을 잡아 제사를 지낼 때조차 그랬다). 로마의 귀족들이 황제의 춤을 보고 눈살을 찌푸려도 아랑곳하지 않았다. 말하자면 엘라가발루스는 귀족들에게 장단을 맞춰줄 마음이 전혀 없었으며 누구의 눈치도 보지 않았다.

서바이벌 천생연분: 황제의 마음을 사로잡아라

조티쿠스가 궁전에 도착한 날, 당시 엘라가발루스의 남자 연인이던 히에로클레스는 그만 심한 질투심에 빠지고 말았다. 히에로클레스는 조티쿠스의 음료에 마약을 넣어 '거시기'가 설 수 없도록 만들었다. 엘라가발루스에게 쓸모가 없어진 조티쿠스는 받았던 관직을 순식간에 빼앗긴 채 궁전에서 쫓겨났다. 하지만 쫓겨나 있던 기간은 그리 길지 않았다. 결국 엘라가발루스와 조티쿠스는 공식적으로 결혼한 사이가 되었다. 엘라가발루스는 당시 히에로클레스의 아내라고 자처하면서도 이런 것 따위는 신경 쓰지 않았다! 결혼을 했든 안 했든, 엘라가발루스는 자신이 원하는 육체의 쾌락을 자유롭게 추구했다.

그녀는 궁전을 사창가처럼 꾸며놓고 자신이 첩인 것처럼 역할 놀이 하는 걸 좋아했다. 문가에 벌거벗은 채로 서서 지나가는 사람 누구에게나 호객 행위를 했다. 궁전에서 일하는 남자들은 황제의 유혹을 받아들여 손님처럼 침실로 따라 들어가라는 지시를 받았다. 이런 경우 남자들은 궁중에서 승진하기도 했는데, 승진의 조건은 대부분 '크기'였다고 한다.

엘라가발루스는 여기서 그치지 않았다. 누구든 자신에게 여자의 성기를 만드는 수술을 해주는 의사가 있다면 막대한 사례금을 주겠노라고 했다. 당시 황제는 할례(남자의 음경 끝 포피를 잘라내는 고대 의식—옮긴이)를 받은 상태였는데 그것만으로도 로마인들은 이미 이상한 일이라 생각하고 있었다. 게다가 황제가 또 다른 수술을 받을 거라는 소문이 퍼져나갔지만 엘라가발루스는 그 수술은 받지 못했다. 황제가 원하는 바를 이뤄줄 의사가 하나도 없었기 때문이다.

반전

엘라가발루스가 열네 살에 정권을 잡고 3년 9개월이 지났을 때, 황실 근위대는 더 이상 황제의 스캔들을 참을 수가 없었다. 이들은 엘라가발루스에게 반기를 들고 황제는 물론 히에로클레스를 포함한 추종자들을 모조리 죽였다. 엘라가발루스와 그 어머니의 시신은 테베레강으로 이어지는 하수구에 버려졌다. 너무도 밝게 타오르던 불꽃이 찰나의 화려함을 뽐내다 쓰러졌다.

엘라가발루스의 짧은 통치 기간은 거의 잊혀 있다. 그녀가 실제로 정치에 쏟은 시간이 거의 없기도 하고 오랫동안 유산으로 남을 만한 개혁도 하지 않았기 때문이다. 그러나 통치보다 더 중요한 점이 있다. 기독교 사상이 세계를 지배하기 직전 시대에 세상에 이처럼 격렬한 '퀴어성(queerness)'이 있었다는 걸 로마인들에게 똑똑히 보여준 사람이 바로 엘라가발루스였다. 인생을 '나답게' 마음껏 살아라. 다른 사람들이 뭐라 생각하든 신경 쓰지 말고. 바로 이것이 퀴어 정신이다.

프랑스를 구한 크로스드레서

잔 다르크

Jeanne d'Arc

1412~1431

잔 다르크의 주변으로 새하얀 빛이 눈부시게 빛나자 그녀는 곧 음성이 들리리라는 걸 알았다.

조용한 음성은 잔 다르크가 열세 살일 때부터 계속 들려왔다. 이때 잔 다르크는 그저 글도 읽지 못하는 평범한 프랑스 농민의 딸이었다. 처음에 이 음성을 들었을 때 그녀는 겁에 질렸다. 어느 여름날 아버지의 정원에 있던 잔 다르크의 오른편에서 갑자기 성 미카엘의 음성이 울려 퍼졌다. 성 미카엘은 잔 다르크에게 훌륭한 삶을 살아가라고, 하느님께서 함께하실 거라고 말했다. 그 후로도 3년간 거룩한 성인들의 음성을 듣게 된 잔 다르크는 이제 더 이상 겁을 먹지 않게 되었다.

그런데 이번에 주어진 메시지는 달랐다. 전처럼 웅웅거리며 들려온 목소리로 성인들이 잔 다르크에게 거절할 수 없는 임무를 부여했으니까.

집을 떠나다

잔 다르크는 동레미라는 보잘것없는 작은 농촌 마을에서 태어났다. 당시는 잉글랜드와 프랑스 사이에 백년전쟁이 지속되던 시절이었고, 거의

100년이 다 되어가던 때라 백성들의 삶은 어려웠다. 농사일을 제외하면 동레미 사람들이 가장 좋아하는 일은 열성적인 종교 활동이었다. 잔 다르크도 매주 고해성사를 하고 미사를 드렸다. 십대가 되고 나서는 자신에게 찾아오는 음성에도 귀를 기울였다. 찾아오는 성인은 성 카트린일 때도 있었고 때로는 성 마르그리트일 때도 있었지만 어쨌든 그 음성들은 언제나 잔 다르크가 혼자 있을 때 들려왔다. 그녀는 점점 친구들과 멀어지면서 외딴 작은 예배당에서 기도하고 음성을 들으며 시간을 보내게 되었다.

어느덧 잔 다르크는 열여섯 살이 되었다. 15세기 당시로는 이미 노처녀에 접어든 나이라 잔 다르크의 부모는 곧 딸의 약혼 자리를 알아보았다. 당시 약혼은 합법적인 계약이었고 부모가 자식을 대신해 공식적으로 약혼을 맺었다. 하지만 잔 다르크는 이를 용납하지 않았다. 성인들의 지시에 영감을 얻은 잔 다르크는 순결을 맹세하며 결혼을 하지 않겠다고 선언했다. 잔 다르크가 결혼을 하지 않겠다고 한 말이 떠돌자 약혼자의 가족은 계약 위반으로 잔 다르크의 가족을 고소했다. 잔 다르크는 이때가 마을에서 도망칠 좋은 기회라 생각했고, 들려오는 음성들도 잔 다르크에게 도망칠 계획을 알려주었다.

몇 주 동안 성인들의 음성은 잔 다르크에게 정당한 왕위 계승자인 프랑스 왕세자를 도와주라고 명령했다. 그에게 왕위를 이어받게 해 프랑스 왕 샤를 7세로 만들고 그렇게 함으로써 프랑스가 잉글랜드를 물리치고 통치에서 벗어나도록 도우라는 말이었다. 성인들의 음성은 잔 다르크에게 특별한 지시를 내렸는데, 임무를 수행할 때 남자의 옷을 입으라는 명령이었다. 그렇다. 잔 다르크의 주장에 따르면 하느님의 성인들은 잔 다르크에게 「신명기」 22장 5절에 적힌 "여자는 남자의 의복을 입지 말 것이요 남자는 여자의 의복을 입지 말 것이라 이같이 하는 자는 네 하느님 여호와께 가증한 자이니라"라는 구절을 어기라는 명령을 내렸다고 한다. 음성들은 누그러지지 않았다. 잔 다르크에게 시키는 대로 수행하라고 명령하며 특히 오를레앙시를 해방해야 한다고 말했다. 그래서 잔 다르크는 치마를 벗어던지고 남자 옷을 입고서(정말로 남자 행세를 했다는 것은 아니다) 여섯 명의 남자들과 함께(그중에는 잔 다르크의 개인 사제도 있었다) 샤를에게 자신의 임무를 알리러 길을 나섰다.

혁명의 불꽃

잔 다르크가 시농에 있는 궁전에 도착하자 샤를은 경험도 부족하고 남자 옷을 입은 십대 소녀 잔 다르크를 3주 동안 심문하고서 결국 그녀에게 별다른 속셈이 없다고 결론 내렸다. 잔 다르크는 누가 봐도 자신의 명분에 헌신하고 있었고 그저 명령을 따를 뿐이라고 말했다. 그런데 명령을 내리는 성인들의 목소리는 오로지 자신만 들을 수 있다고 했다. 샤를은 이런 잔 다르크에게 기회를 한번 준다고 해서 손해 볼 건 없다고 생각했다.

잔의 첫 번째 시험전戰은 바로 오를레앙시에서 이루어졌다. 도시는 이미 여섯 달 동안 포위된 상태였다. 잉글랜드인들이 장악한 곳에서 프랑스 국민은 고통당하고 있었다. 하지만 여섯 달 동안 이어진 교착 상태를 잔 다르크는 '불과 나흘 만에' 끝내고 도시를 구했다. 어떻게 한 걸까? 자, 먼저 항복하지 않으면 공격해서 때려주겠다는 잔 다르크의 경고를 듣자 잉글랜드인들은 비웃기 시작했다. 잔 다르크는 군대를 향해 전투를 시작하라고 명령했지만 몇 시간 동안 프랑스 군사들은 한 발자국도 전진하지 못했다. 그러다가 상황은 더욱 악화되었다. 날이 저물기 시작했을 때 군사들은 잔 다르크의 어깨와 목 사이에 화살이 꽂힌 모습을 보게 되었다. 지도자가 쓰러지는 광경을 본 프랑스인들은 퇴각을 준비했다. 하지만 잔 다르크는 퇴각을 명령하지 않았다. 그녀는 화살을 그대로 몸에 꽂은 채로 일어나 깃발을 높이 들고 군대를 향해 전진하라고 명령했고 마침내 프랑스군은 잉글랜드군을 이길 수 있었다. 잔 다르크는 승리를 기뻐하는 대신 전투를 치르다 죽은 양국 군사의 영혼을 애도했다. 그녀는 동레미에 있을 때 이런 전투를 한 번도 치러본 적이 없었지만 군 지휘관의 삶을 빨리 받아들일 수밖에 없었다.

이 기적 같은 승리의 소식은 삽시간에 전파되어 프랑스인들의 심금을 울렸다. 잔 다르크는 발길 닿는 곳마다 연전연승을 거듭하며 순식간에 프랑스에서 잉글랜드인들을 몰아냈다. 몇 세대에 걸친 기나긴 전쟁 끝에 대세는 역전되고 있었다. 사람들은 어떻게든 그녀의 모습을 두 눈으로 직접 보고 싶었다. 잔 다르크가 점령지에 접근할 때면 잉글랜드인들은 잔 다르크가 항복하든지 죽든지 둘 중 하나를 선택하게 한다는 사실을 알고 있었고 그게 말뿐인 협박이 아니라는 것도 알고 있었다. 마을마다 잉글랜드인들은 싸움을 걸기는커녕 백기를 흔들어댔다.

전장의 승리는 대단했지만 잔 다르크는 자신의 임무를 잊지 않았다. 이제는 샤를이 왕위에 오르는 광경을 볼 때가 되었다. 잔 다르크와 군대는 샤를이 왕위에 오르게 될 랭스로 향했다. 대관식에서 잔 다르크는 새로운 왕 앞에 무릎을 꿇고서 "하느님의 뜻이 이루어졌다"라고 말하며 눈물을 흘렸다.

잔 다르크의 신성한 임무가 완료되자 성인들의 목소리도 더 이상 들려오지 않았다. 하지만 잔 다르크는 여전히 임무를 계속하고 싶었다. 바로 그녀 혼자서라도 심지어 샤를 왕의(아니면 하느님의) 군사 지원이 없어도 잔 다르크는 프랑스를 위해 더 많은 땅을 되찾아오려 했으나 일은 뜻대로 되지 않았다. 잔 다르크의 연전연승도 곧 끝이 났다. 샤를 왕은 더 이상 잔 다르크를 필요로 하지 않았다. 태양 아래 빛나던 잔 다르크의 장엄한 순간은 지나가버렸다. 이제 그녀는 더 이상 이기지 못할 싸움에 덤벼드는 크로스드레서 이단자일 뿐이었다. 결국 잔 다르크는 콩피에뉴에서 붙잡혀 잉글랜드인들에게 팔려갔다.

화형당한 소녀

1년 후 잔 다르크는 수십 명의 성직자들에게 이끌려 루앙에서 재판을 받게 되었다. 죄목은 이단 및 복장 도착을 포함해 여러 가지가 있었다. 그녀는 수감된 상태에서도 계속 남자 옷을 입었고 재판관들은 이를 아주 못마땅하게 여겼다. 잔 다르크는 신앙을 지키게 해달라고 간청했지만 여자 옷을 입고서만 미사에 참석할 수 있다는 대답을 들었다. 잔 다르크는 '내키지 않으므로' 그럴 수 없다고 말했다.

다섯 달간 끝없이 이어진 신문과 심각한 질병, 죽을 것 같은 굶주림과 강간 그리고 고문의 위협을 견딘 끝에 잔 다르크는 사형선고를 받게 되었다. 수많은 시련을 당하면서도 강인하고 독실한 태도를 유지한 열아홉 살의 잔 다르크는 결국 무너지고 말았다. 그녀는 필사적으로 모든 것을 부인했고 심지어 이제껏 들은 성인들의 음성도 모두 거짓말이라고 적힌 문서에 서명했다. 그리고 앞으로는 절대로 남자 옷을 입지 않겠다고 맹세하며 제발 자비를 베풀어달라고 간청했다.

사람들은 이 말을 들어주었다. 잔 다르크는 화형 대신 무기징역을 선고받았다. 그날, 잔 다르크는 3년 만에 처음으로 치마를 입었다.

이때 다시금 음성이 들려오기 시작했다. 하지만 성인들의 음성은 잔 다르크가 그토록 바라던 계시가 아니었다. 성인들은 잔 다르크가 목숨을 구할 수도 있었지만 음성의 명령을 듣지 않았기 때문에 영혼을 더럽혔다고 했다. 잔 다르크는 이 말에 반박할 수 없었을 것이다.

며칠 후 다시 그녀를 살피러 온 재판관들은 또 바지를 입은 잔 다르크의 모습에 큰 충격을 받았다. 어쩌면 잔 다르크를 지키던 간수들이 치마를 훔치고는 돌려주지 않았을지도 모른다. 사람들이 잔 다르크를 능멸한 것일 수도 있고 유치한 장난을 친 것일 수도 있다. 정말로 잔 다르크가 처형되기를 바랐을지도 모른다. 남자 재판관들 앞에 벌거벗은 채로 나타나고 싶지 않다면 어쩔 수 없이 바지를 입어야 했을 것이다. 그녀는 이단자로 유죄판결을 받을 때도 계속 침묵을 지켰다. 하지만 기둥에 묶여 화형당한 그 순간에는 드디어 입을 열어 예수의 이름을 외쳤다고 한다(물론 그때도 치마를 입고 있었다).

성 잔 다르크

잔 다르크의 어머니는 딸이 이단자가 아니라며 신원을 청원했고 25년이 지난 뒤에 특별 재심이 열려서 유죄판결을 뒤엎었다. 그 후 약 500년이 지난 1920년에 교황은 잔 다르크를 성녀聖女로 시성諡聖했다.

나라마저 포기한 퀴어 군주

크리스티나 바사
(스웨덴의 크리스티나)

Kristina Vasa

1626~1689

스웨덴 국경에 다다른 크리스티나는 빠르게 달려온 말의 속도를 늦추었다. 이제는 돌이킬 수 없었다. 말에서 내린 크리스티나는 드레스를 벗고 남자 옷으로 갈아입었다. 머리카락을 턱 높이로 자르고 칼을 찼다. 이렇게 남자로 변신하는 잠깐의 과정을 마쳤다. 이제부터 크리스티나의 이름은 크리스토프 돈하 백작이었다.

몇 시간 전까지만 해도 크리스티나는 스웨덴 전 지역의 통치자였다. 하지만 스물여덟 살의 크리스토프는 이제 익명으로 덴마크 밀항을 준비하고 있었다.

'소녀왕'

여기서 잠깐 대명사 사용을 짚고 넘어가야겠다. 이 장에서는 크리스티나를 대명사로 지칭할 경우, '그(he)'나 '그녀(she)'가 아닌 복수형 '그들(they)'을 사용하되, 번역은 '그들' 대신 '그이'로 했다. 성별 중립적인 대명사이기 때문이다. 물론 크리스티나가 살던 시대에는 이런 식으로 대명사가 사용되진 않았지만 '그이'라는 대명사는 남성과 여성 모두에게 쓸 수 있는 말이다.

크리스티나는 태어난 순간부터 젠더에 구애받지 않는 스타였다. 구스타프 왕과 마리아 왕비는 임신한 마리아가 아들을 낳을 거라고 궁정 점술사가 예언하자 무척 기뻐했다. 바로 상속자가 태어나는 것이었으니까! 몇 달 후 크리스티나가 태어나자 간호사들은 왕자님이 태어나셨다고 알려줘 아기의 부모는 잠시 환상을 만끽했다.

간호사가 다시 보니 아기는 털이 복슬복슬하고 소리가 컸지만 여자아기였다(여자아기라고 하기에는 털이 '너무' 많고 목소리가 우렁찼기 때문에 다들 처음에는 남자라고 생각했다). 몹시 낙심한 마리아와는 달리 구스타프는 빙그레 웃으며 말했다.

"딸이 아들처럼 잘 크면 좋겠군."

왕이 크리스티나를 양육한 방법을 살펴보면, 사실상 후계자가 여자라는 사실을 왕은 전혀 모르고 있는 게 아닌가 하는 생각이 들 정도다. 크리스티나는 인형 대신 장난감 병정을 가지고 놀았고, 사냥도 배웠으며, 드레스 위에 남성복 재킷도 입었다. 선원처럼 욕설도 지껄이고 가끔은 자기에게 없는 콧수염을 배배 꼬는 시늉도 했다. 궁정을 거니는 숙녀들 옆을 지나갈 때면 남자처럼 허리를 굽히고 모자를 들어올려 인사했다. 하지만 크리스티나는 이상하다는 소리를 한 번도 듣지 않았다. 왕족이었기 때문이다.

그러나 걱정 근심 없는 어린 시절을 오랫동안 누리지는 못했다. 크리스티나가 겨우 여섯 살 되던 해, 구스타프 왕이 전쟁터에서 죽었기 때문이다. 크리스티나는 열네 살부터 스웨덴 지도부 회의에 참석하기 시작했고 열여덟 살이 될 때까지는 왕실 고문이 어린 여왕의 대리로 통치했다.

크리스티나는 항상 책을 달고 살았다. 억지가 아니라 순전히 재미로 공부할 때도 많았다. 동이 트기 전에 일어나 책을 읽은 다음 하루 종일 국정을 돌보았다. 그러다가 마침내 여왕으로 등극하자 '그이'는 과학과 문학, 철학 등을 비롯한 고상한 학문들을 궁중에서 우대했다. 크리스티나는 외국의 도서관을 통째로 수입하다시피 책을 사들이고 매주 목요일 밤마다 철학 토론을 벌였다. 크리스티나는 당시 세상에서 가장 학식이 높은 '여성'으로 기록되기도 했다. 게다가 '그이'는 삼십년전쟁(17세기 유럽에서 신교파가 구교를 강요하는 신성 로마 제국에 반기를 들면서 일어난 종교전쟁—옮긴이)을 끝냈다. 이 전쟁에서 크리스티나의 아버지가 전사했고 전쟁 후에는 마침내 스웨덴에 평화가 찾아왔다.

그동안 크리스티나는 젠더 규범에 따르기를 거부하고 남자와 여자의 정체성을 오갔다. 한번은 이런 글을 쓴 적도 있다.

> 어렸을 때 나는 여자들이 말하고 행동하는 모든 것에 극도로 혐오감을 느꼈다. 나는 장식이 많고 몸에 딱 달라붙는 여성복을 견딜 수 없었다. 내 얼굴이나 몸매 등 외모 전반적인 데는 전혀 신경 쓰지 않았다. 모자나 가면을 쓴 적도 없고 장갑도 거의 낀 적이 없었다. 여자로서 지켜야

하는 모든 것이 경멸스러웠다. 겸손과 예절이라는 것도 싫었다. 나는 긴 드레스를 입는 게 너무 싫어 짧은 치마만 입고 싶었다. 더욱이 여자다운 솜씨 따위는 절망적이다 싶을 만큼 없었기 때문에 아무도 나에게 그런 걸 가르칠 수 없었다.

심지어 크리스티나는 회고록에서 여자는 나라를 통치할 그릇이 안 된다고 말하기도 했다.

"여자가 왕좌에 오르기 위해 필요한 의무를 수행한다는 건 거의 불가능하다. 여자들의 무지나 정신과 육체의 나약함, 부족한 이해력을 고려하면 여자들은 누군가를 통치할 힘이 없다."

하지만 크리스티나는 스스로 능력이 있다고 생각했다. 자신은 예외라고 생각했던 걸까, 아니면 본인이 여자가 아니라고 생각했던 걸까? 이 물음에 대해서는 여러 대답이 올 수 있다. 만약 크리스티나가 우리 시대에 살았더라면, 아마도 스스로를 트랜스젠더 남성이나 시스젠더 여성이나 젠더퀴어 같은 그 무언가로 규정했을지도 모른다. 아니면 크리스티나는 간성이었을 수도 있다. 하지만 '그이는' 우리 시대가 만든 규정이 없는 시기에 살았기 때문에, 사실상 크리스티나를 규정할 현대적인 기준은 없다.

궁정의 연애

크리스티나처럼 야심 많고 바쁜 사람은 사랑이나 섹스 같은 데 어리석게 한눈 팔 시간은 없었다고 생각할지도 모르겠다. 이 생각이 어느 정도는 맞았다. 바로 에바가 나타나기 전까지는 말이다.

에바 스파레는 절세미녀였다. 크리스티나는 에바를 벨(Belle, 프랑스어로 미녀—옮긴이)이라는 애칭으로 불렀다. 둘의 관계가 궁정인들의 입방아에 오르내리며 좋지 않은 소문이 퍼졌다. 크리스티나는 에바에게서 다른 친구 관계에서는 느끼지 못한 '다정함'을 느꼈다. 두 사람은 종종 한 침대에서 잤다(당시 미혼녀들 사이에서는 이상한 일이 아니었다). 크리스티나는 외국에 있을 때 에바에게 이런 마음을 편지로 토로한 적이 있다.

> 내가 세상 어디에 있다 해도 그대를 끊임없이 생각할 것이다. … 다시는 그대를 볼 수 없다 해도 나는 언제나 그대를 사랑할 것이다. … 내가 살아있는 동안 계속 그대를 사랑할 것이다.

하지만 알다시피 통치자들은 자신의 배우자를 늘 스스로 선택할 수 있는 건 아니다. 에바가 남자였다고 해도 그녀는 크리스티나의 옆자리를 평생 차지할 만한 혈통이나 영향력이 없었다. 크리스티나도 어쩔 수 없었다. 여왕은 반드시 남자와, 그것도 '제대로 된' 남자와 결혼해야 했다.

크리스티나는 여자만을 사랑하지 않았다. 하지만 크리스티나 여왕은 자신의 독립성만큼은 누구보다 사랑했다. 결국 딱 한 남자만이 여왕의 옆자리로 가까이 갔는데 바로 사촌인 카를 구스타부스였다. 크리스티나는 일생 동안 서로 다른 시기에 에바와 카를을 깊이 아꼈다(물론 그들 말고도 한둘 더 있었지만). 크리스티나는 섹스보다는 로맨스에 더 관심이 많았다. 한번은 카를에게 이런 편지를 쓰기도 했다.

> 나의 사랑은 너무 강력해서 죽음만이 이길 수 있을 것이다. 만약 신의 뜻이 그러하여 그대가 나보다 먼저 죽게 된다면, 나의 마음은 결코 다른 이에게 움직이지 않을 것이며, 나의 정신과 애정은 영원히 그대를 따라가 그대와 함께 할 것이다.

스웨덴 의회는 더없이 기뻐하며 카를을 왕으로 추대하려 했다. 하지만 크리스티나는 "농부가 자기 밭을 이용하듯 남자가 나를 이용하도록 내버려두는 것을 참을 수 없다"고 말했다. 크리스티나는 확실히 결혼하고 싶은 마음이 없었다.

"자유롭게 태어났으니 자유롭게 죽으리라"

크리스티나는 결혼하지 않겠다고 몇 번이고 선언했지만 의회는 그 결정을 고집스레 믿지 않았다. 의회에서는 '그녀'가 적당한 남자를 찾으면 정착할 것이라고 했다. '그이'는 의회에 그런 일은 없을 것이라며 "결혼에 혐오감을 느끼기 때문에 남자를 택하느니 차라리 죽음을 택하겠다"고 말했다.

결국 크리스티나는 말도 안 되는 선택을 했다. 왕위를 포기하기로 한 것이다. 결혼하지 않아서 여왕이 될 수 없어도 상관없었다. 왕의 권력, 아버지의 유산, 131년을 이어온 바사 왕가는 그렇게 끝이 났다. 결국 크리스티나는 카를을 왕으로 세웠으나 자신의 배우자로 삼지는 않았다. 의회는 간청하고 온 나라는 슬피 울었지만 크리스티나는 기뻐했다. 이제 자유였으니까.

자유다! 더 이상 다른 이들에게 대답할 의무가 없었다. 타협할 필요도 없었다. 결혼해야 한다는 압박도 없었다. 크리스티나는 앞에 놓인 새하얀 백지에 원하는 대로 인생을 그릴 수 있었다. 말을 달려 스웨덴 국경을 넘어 덴마크 땅으로 들어간 크리스티나는 소리쳤다.

"드디어 나는 자유다!"

스웨덴을 뒤로하고

그런데 크리스티나는 맨몸으로 달려 나오지는 않았다. 탁월한 정치적 협상가였던 크리스티나는 평생 쓸 봉급과 시종들, 토지와 권력도 안전하게 확보했으니까. 그렇다면 나쁘지 않지!

크리스티나는 로마에 정착하기로 마음먹었다. 여행객으로 변장하고 태어났을 때 받았던 이름을 다시 사용했다. 젠더 규범을 즐겁게 무시하면서 남자와 여자의 옷을 모두 입고 남자나 여자 가리지 않고 염문을 뿌렸다. 자신이 선택한 방식대로 살아가기 위해 그토록 많은 것을 포기한 후 크리스티나는 편안한 죽음을 맞이했다. 완전하고도 자유로운 삶을 누리고서.

평등 교육 외친 동성애 수녀

후아나 이네스 데 라 크루스

Juana Inés de la Cruz

1651~1695

가지 마오, 나의 그대여. 이것이 끝이 아니기를 바라오
이 달콤한 허구는 내가 가진 전부인 것을
날 잡아준다면 기쁘게 죽으리라
그대의 거짓말에 그저 감사하면서

나의 가슴은 그대 가슴에 이끌리오
마치 자석이 서로 붙어 가듯이
어찌하여 나를 사랑해놓고 이제는 떠나시오?
어찌하여 나를 놀리시오?

그대 나를 정복했다 자랑치 마오
나는 그대의 전리품이 아니라오
가보시오, 이 팔을 거부해보시오
호화로운 비단으로 그대를 감싼 이 팔을
내 팔에서, 내 가슴에서 벗어나려 해보시오

나는 그대를 이 시에 영원히 가둘 터이니.

천재가 태어났다

후아나 이네스 데 아스바헤 이 라미레스 데 산티아나는 참으로 재능이 많은 사람으로 훗날 소르 후아나(Sor Juana, 옛 에스파냐어로 후아나 수녀)라는 이름을 얻었다. 그녀는 머리에 지식을 가득 채우기를 바랐고 그 열망은 끝이 없었다.

화산 아래 산동네 멕시코 산 미구엘 네판틀라에서 미혼모의 자녀로 태어나 가난에 시달리던 어린 소르 후아나에게는 별다른 기회가 없었다. 그녀는 엄마에게 남자아이처럼 옷을 입고 대학에 몰래 가면 안 되느냐고 물어보았지만 그건 말도 안 되는 이야기였다. 뉴에스파냐(당시 멕시코의 이름이었다)에 사는 여느 여자아이처럼 그녀도 가정을 돌보며 아이를 잔뜩 낳는 인생 말고는 다른 길이 없었던 것이다.

하지만 소르 후아나는 그럴 마음이 전혀 없었다. 그녀는 예닐곱 살 때 이미 혼자서 읽고 쓰는 법을 깨우쳤다. 자신의 배우는 속도가 충분히 빠르지 않다는 느낌 때문에 머리카락을 짧게 잘랐다. '머리카락으로 예쁘게 꾸미기나 하고 배움은 전혀 없는 상태'로 두면 안 된다고 생각했기 때문이다.

아홉 살이 되었을 때 그녀는 멕시코시티로 이사해 부자 이모부의 집에서 살게 되었다. 부유한 가족이 생겼지만 지참금이 없었기 때문에 좋독의 궁정(당시 뉴에스파냐에서 총독은 에스파냐 왕의 대리 자격으로 나름의 권리가 있는 작은 왕이나 다름없었다)에서 찾아볼 수 있는 적당한 남자와 결혼할 수는 없었다. 당시 여자에게는 결혼이야말로 꼭 해야 하는 일이었기 때문에 소르 후아나에게는 나름 골치 아픈 문제였다.

그녀는 손에 들어오는 모든 자원을 이용해 독학하는 데 전념했고 결국 말 그대로 뉴에스파냐에서 최고의 교육을 받은 여성이 되었다. 똑똑하고 영리한 아가씨의 소문은 빠르게 퍼져 마침내 최고 권력자인 총독의 귀에까지 들어갔다. 총독은 그녀가 정말로 똑똑한지 시험하기 위해 전국에서 가장 높은 수준의 교육을 받은 남자 40명을 궁정으로 불러들였다. 대부분 철학자, 과학자, 수학자, 시인들이었다. 이 남자들은 열일곱 살 먹은 소르 후아나에게 단체로 질문 공세를 퍼부으며 괴롭혔지만 허사로 돌아갔다. 이 여자아이가 과연 지리학을 알까? 문학작품을 암송할 수 있을까? 라틴어는 할 줄 알까? 그랬다. 그녀는 지리학도, 문학작품도, 라틴어도 모두 다 알았다. 감동한 총독은 소르 후아나를 자기 아래에 두기로 마음먹고 평생 동지로 대해주었다. 그러나 이 아가씨의 문제가 전부 해결된 건 아니었다.

새로운 뮤즈

결혼도 할 수 없고 교육도 받을 수 없는 상황에서 소르 후아나는 유일한 길을 선택했다. 바로 수녀가 되는 것이었다. 산 제로니모 수도회 소속의 산타 파울라 수녀원에서 여생을 보낸다면 남편을 섬길 필요 없이 공부를 계속할 수 있었기 때문이다. 물론 단점도 있었다. 수녀원 바깥으로 나갈 수가 없다는 점이었다. 그것도 평생토록. 매일 기도회에 참석해야 했지만 그건 큰 문제는 아니었다. 다만 기도회가 아침 여섯 시, 오전 아홉 시, 정오, 오후 세 시, 저녁 일곱 시에 열린다는 게 문제였다. 수녀들은 기도회와 기도회 사이 시간 동안 식사나 바느질 등 조용한 활동을 하며 시간을 보냈다. 하지만 소르 후아나는 글을 쓰고 자신을 방문한 학자들과 학술적인 대화를 나누고 단어 게임을 하는 기회로 활용했다.

수녀원의 삶은 꽤 외로웠을 테지만, 소르 후아나를 제일 많이 찾아오는 사람 덕분에 바쁘게 보낼 수 있었다. 그 손님의 이름은 마리아 루이사 만리케 데 라라 이 곤사가였다. 소르 후아나의 후원자인 총독의 아내로 소르 후아나의 사랑을 노래하는 수많은 시에 등장하는 주인공이었다. 마리아 루이사는 저명한 에스파냐 귀족 계급 출신이자 보는 이가 넋을 잃을 만큼 매력적인 여인이었다(소르 후아나의 표현에 따르면 그렇다). 후아나는 "그대를 사랑하는 것은 내가 결코 뉘우치지 않을 죄악"이라는 표현을 쓰기도 했다. 다른 시에는 이런 구절도 있다. "그대가 멀리 있는 여인이라는 것은 내 사랑에 아무런 방해물이 되지 못하오. 그대도 이미 아시는 대로 떨어져 있어도, 둘 다 성性이 같아도 상관없으니." 소르 후아나가 결코 이루어질 수 없는 사랑에 대한 심정을 토로한 대목은 그녀의 시에서 계속 나타난다.

이러한 사랑의 흔적은 두 여성이 주고받은 편지와 시에도 남아 있다. 하지만 마리아 루이사가 정기적으로 소르 후아나가 머무는 수녀원에 찾아갔다는 역사적 기록 말고는 그 수녀원 안에서 무슨 일이 일어났는지 알 수 있는 단서는 없다. 잘 알려진 대로, 마리아 루이사가 소르 후아나의 작품을 모아서 출판한 덕분에 그녀의 헌신을 역사 속에 알릴 수 있었다.

소르 후아나는 그 후로 작품 활동을 계속해 에스파냐어로 시를 쓴 위대한 시인이 되었다. 그녀는 총독의 궁정에서 상연되는 희곡과 시를 썼고, 궁정에서는 그 보답으로 수녀원에 선물을 보냈다.

이렇게 보면 서로 이득을 얻은 것 같기도 하지만 알고 보면 그렇지도 않았다. 소르 후아나는 종교와 신의 사랑을 다룬 시를 썼지만 사실은 '모든 사안'에 관해 글을 썼기 때문이다. 예를 들어 그녀는 여성이 교육받을 권리를 지지하는 글을 썼는데 17세기 뉴에스파냐에서는 대단히 논란을 일으킬 만한 주제였다. 일부 궁정 사람들은 소르 후아나가 온갖 세속적인 주제로 글을 쓰는 걸 달갑잖게 여겼다. 그러자 소르 후아나는 이에 맞서 「필로테아 수녀에게 보내는 답장」이라는 제목으로 대주교에게 보내는 통렬한 편지글을 썼다. 편지에서 그녀는 여성이 교육을 받아야 하는 이유를 조목조목 설명했다. 실용성을 예로 들면서 화학을 공부하는 여자는 그 지식으로 쿠키를 더 잘 구울 수 있다는 언급도 했고(하하!), 앞 장에서 언급한 크리스티나 바사처럼 대단한 여성 지식인들을 칭송하기도 했다. 그녀는 성별이 아니라 재능에 따라 교육받을 기회가 정해져야 한다고 주장했다. '남자라는 이유만으로 스스로를 현명하게 여기는' 남자는 여자에게는 주어지지 않는 특권을 누릴 자격이 없다고도 말했다. 지당하신 말씀이다.

소르 후아나는 당시 페미니즘을 많이 발전시키기는 했지만 정작 본인은 자신의 정체성을 여성이라고 완전히 확신하지는 못했다. 자신은 성경험이 없기 때문에 스스로를 다소 무성적인 존재라고 판단했다. 남자와 섹스를 한 여자만이 진정한 여자가 된다고 생각했기 때문이다. 마리아 루이사를 사랑한다고 공공연하게 주장한 것은 별로 문제 되지 않았다. 그건 왕족을 숭상하는 시인의 시적 표현이라고 이해받았기 때문이다. 하지만 소르 후아나의 시는 총독부인의 위대함을 찬양하는 일반적인 송가의 차원을 넘어섰다. 그녀는 이 점을 다음과 같은 시에서 암시하고 있다.

> 내가 말하지 않아도 그 모든 것으로부터, (마리아 루이사는) 표현할 수 없는 사랑을 느끼시리라.

결국 소르 후아나가 남긴 글은 자신의 유산이 되었다. 그녀는 40대에 수녀원에서 병사했지만 그녀의 시는 영원히 살아있을 것이다.

위대한 해방자에겐 '내밀한 친구'가

에이브러햄 링컨

Abraham Lincoln

1809~1865

에이브러햄 링컨이 게티즈버그 연설에서 미국의 남북 통일을 열렬히 호소하기 20년 전의 일이었다. 그날 에이브러햄은 20년 후와는 너무나도 다른 감정을 느끼는 중이었다. "나는 지금 이 세상에서 가장 비참한 사람입니다"라고 편지에 쓰고 있었으니까.

에이브러햄은 31년을 살아오면서 이토록 가슴 아팠던 적이 없었다. 조슈아가 자신을 떠나버린 지금, 이 세상에는 중요한 게 아무것도 없었기 때문이다. 이렇게 비참하게 살 바에야 차라리 죽는 게 낫다고 생각했다.

에이브러햄의 친구들은 혹시라도 그가 위험한 짓을 할까 봐 집 안에 있는 면도칼이나 식칼 등을 싹 치워버렸다. 그럼에도 점점 쇠약해져 앙상하게 뼈만 남은 에이브러햄의 모습을 곁에서 지켜볼 수밖에 없었다. 한때 그토록 활기찬 변호사였던 에이브러햄이 이제는 침대에 누워 말할 힘도 없어지다니. 그나마 목숨을 버리지 않고 버티는 것은 자신이 이 세상에서 길이길이 기억될 일을 아직 이루지 못했기 때문이었다.

7개월 후에도 에이브러햄은 별로 나아지지 않았다. 겉모습만 옛날처럼 유지했을 뿐 속은 텅 빈 채로 살아갔다. 그러다 마침내 기다리던 날이

왔다. 조슈아의 편지가 날아온 것이다. 에이브러햄이 세상에서 가장 소중하게 생각하던 사람에게서 연락을 받은 그날, 모든 것이 바뀌었다.

내밀한 친구

에이브러햄이 링컨 대통령이 되기 전, 아니 조슈아를 만나기 전, 어린 시절에는 켄터키주에 있는 방 한 칸짜리 통나무집에서 살았다. 그러다가 에이브러햄이 스물한 살이 되던 해에 온 가족이 일리노이로 이사했다. 그는 가게를 경영하기도 하고 우체국장이 되기도 했다. 강을 오가는 배에서 일꾼으로 일하기도 하다가 나중에 주의원으로 선출되었다. 변호사 시험에 합격한 뒤인 1837년에는 변호사 사무실을 내겠다는 마음으로 스프링필드로 떠났다. 무명이나 다름없는 상태로 말을 빌려 타고서 그 동네에 도착했다. 일단 해야 할 일은 지내면서 잠잘 곳을 찾는 것이었다. 에이브러햄이 침대를 하나 사려고 했는데 가게 주인 조슈아 프라이 스피드는 침대 가격이 17달러라고 했다. 당시로는 상당한 액수였다. 에이브러햄에게는 그만한 돈이 없었고 변호사로 개업해 그 돈을 벌어볼 테니 외상으로 달라고 말할 자신도 없었다. 그때 조슈아는 두 사람의 인생을 송두리째 바꿔버릴 제안을 내놓았다.

"위층에 2인용 침대가 있는 큰 방이 있습니다. 나랑 같이 그 침대를 쓰고 싶다면 기꺼이 내어드리겠습니다."

당시 미국 개척지에서 침대는 사치품이었기 때문에 남자 둘이서 한 침대를 쓰는 게 아주 이상한 일은 아니었다. 하지만 조슈아는 에이브러햄이 스프링필드에서 자리를 잡고 살 때까지 며칠 밤만, 아니 몇 달간만 함께 지냈던 게 아니다. 두 사람은 4년 동안이나 같이 살았다. 심지어 둘 다 돈을 많이 벌어서 굳이 동거하지 않아도 되는 상황인데도 함께 지냈다(조슈아는 말 그대로 침대를 팔아 생계를 이어갔다. 그러니 침대가 없어서 에이브러햄과 같이 잤을 리는 없다!). 조슈아의 말에 따르면 "세상에서 이 두 사람보다 친밀한 사이는 없을 정도"였다. 에이브러햄의 동료 변호사는 이 미래의 대통령이 "이 남자(조슈아)를 세상을 떠난 사람들과 아직 살고 있는 사람들 모두보다 사랑했다"고 말했다. 에이브러햄과 조슈아의 관계는 브로맨스보다 한 단계 더 나아간 애정 관계인 '내밀한 친구(intimate friends)'였다. 게이나 양성애자, 이성애자(straight)라는 말이 존재하기 전부터도 남자들은 그 사랑이 성적인지 아닌지 증명하지 않으면서도 서로에 대한 사랑을 표현할 수 있었다. 그래서 이 경우, 에이브러햄과 조슈아의 사랑이 진짜인지 아닌지는 확실히 알 길이 없다.

그 나이대 남자들은 으레 결혼을 해야 했다. 바로 여자와 말이다. 에이브러햄과 조슈아는 둘 다 결혼 적령기를 넘어선 상태였다. 두 남자는 결혼한 미래를 생각하면 기겁하게 된다고 항상 말했다. 에이브러햄은 당시 변덕스러운 여자친구인 메리 토드에게 청혼할까 고민했지만 실행에 옮기지는 않았다. 결국, 과감하게 먼저 결혼해버린 쪽은 조슈아였다.

결혼 걱정

조슈아가 아내감을 찾기 위해 켄터키로 떠나자 몇 달 동안 불행에 빠진 에이브러햄은 자살 충동에 시달렸다. 그러던 중 조슈아가 보낸 편지가 에이브러햄의 목숨을 살려주었다. 그 편지는 자신이 있는 곳에 방문해달라는 초청장이었고 에이브러햄은 제안을 덥석 받아들였다. 에이브러햄은 조슈아와 함께 있고 싶어 급히 켄터키로 달려갔다.

조슈아는 에이브러햄을 정성스레 간호해 건강을 되찾게 했다. 심지어 에이브러햄도 조슈아가 점찍은 신부감 패니 헤닝에게 구혼할 수 있도록 도왔다. 그녀를 과보호하는 삼촌의 주의를 흩뜨려놓아 앞으로 맺어질 부부가 서로 대화할 수 있도록 만들어 주었던 것이다.

에이브러햄은 (처음 떠났을 때보다 훨씬 좋은 모습으로) 일리노이로 돌아온 후, 조슈아와 계속해서 편지를 주고받았다. 두 사람은 결혼 생활에서 비롯된 성가신 문제를 편지에 썼다. 그중 한 편지에서 조슈아는 결혼 첫날밤이 "말할 수 없을 만큼 끔찍했다"고 말하기도 했다. 에이브러햄도 조슈아와 패니의 관계를 질투하며 이제 결혼한 친구가 자신을 잊을까봐 걱정된다고 솔직한 심정을 드러냈다. 그러면서도 한편으로는 조슈아가 "(조슈아 자신이) 생각했던 것보다는 훨씬 행복하다"라는 말을 전해 듣고는 기뻤다고 순순히 시인하기도 했다. 몇 달 후 에이브러햄은 조슈아에게 유부남이 되어서 정말로 행복을 '느꼈는지', 아니면 하고자 한 일을 이루어서 행복한 것인지 묻는 편지를 썼다. 조슈아가 뭐라 답장했는지는 모르겠지만 그 답장은 분명 확신을 주었을 것이다. 편지를 받고 며칠 뒤에 에이브러햄이 메리와 결혼했기 때문이다. 이때 결혼식에 참석한 어떤 하객은 "링컨이 도살장에 끌려가는 것처럼 보였다"라고 말했다.

어쩌면 에이브러햄에게 예지력이 조금 있었는지도 모르겠다. 메리와의 결혼 생활은 정말로 비참했기 때문이다. 에이브러햄은 집에서 거의 시간을 보내지 않았고, 부부는 만나기만 하면 다퉜다. 메리는 무엇이든 손에 잡히는 대로(감자든 책이든 장작이든 뜨거운 커피든) 남편에게 던져댔고, 한번은 칼을 쥐고 남편을 집 밖으로 쫓아낸 적도 있었다. 그럼에도 부부는 결혼의 주된 목표 가운데 하나를 성취했다. 첫날밤을 보내고 아홉 달 뒤에 첫아이를 낳은 것이다.

백악관

1860년에 에이브러햄이 대통령에 당선되어 워싱턴 DC로 이사한 다음에도 링컨 부부의 관계는 좋아지지 않았다. 조슈아와 에이브러햄은 사이가 멀어져 있었고 에이브러햄과 메리도 같은 침대에서 자지 않았다. 당시 해군차관보의 아내였던 버지니아 우드버리 폭스는 워싱턴 DC의 핫한 소문을 일기에 모두 남겼는데 그중 이런 내용이 있다.

> 티시가 그랬다. 여기 버크테일 연대에는 대통령께 헌신하는 군인이 있어. 그 군인은 대통령과 차를 같이 타고 링컨 부인이 집에 없으면 같이

잔다고. 이게 무슨 일일까!

대통령은 자신의 옆자리를 데워줄 사람으로 데이비드 데릭슨이라는 남자를 찾아냈던 것이다.

직업군인이었던 데이비드는 눈빛이 강렬하고 짙은 턱수염을 기른 남자였다. 험상궂은 외모를 지닌 그는 펜실베이니아의 버크테일 여단 소속으로 이 여단의 군인들은 모자에 버크테일(bucktail, 제물낚시. 모기 모양으로 만든 플라이 낚시용 깃털 낚싯바늘—옮긴이)을 붙여서 이런 별명이 생겼다. 어느 날 링컨 대통령은 데이비드에게 여름 별장에서 백악관으로 가는 통근 차량에 함께 타자고 제안했고 그 후 넉 달 동안 두 사람은 떼려야 뗄 수 없는 사이가 되었다. 동료 군인이자 역사가인 토머스 체임벌린은 데이비드에 관해 다음과 같은 기록을 남겼다.

> 링컨 부인이 없는 동안 데이비드는 (에이브러햄의) 별장에서 자주 밤을 함께 보냈고, 같은 침대에서 잤고, 일설에 따르면 대통령 각하의 잠옷을 입었다고 한다! 이러한 친밀한 관계는 다음 해 봄까지 지속되었다.

에이브러햄과 데이비드는 한동안 교회 예배 출석부터 전쟁터 순시까지 모든 행동을 함께했다. 하지만 그 누구도 조슈아를 대신할 수는 없었다.

놀랍게도 두 남자를 다시 합쳐준 계기는 미국 내전(남북전쟁)이었다.

조슈아는 노예 소유주였기 때문에 오랫동안 이 문제를 두고 대통령과 정치적으로 반목했다. 두 사람 사이에 싸늘한 침묵이 몇 년간 흐른 끝에, 조슈아는 노예제 폐지에 반대했음에도 불구하고 모든 것을 버리고 북부의 대의를 돕기 위해 켄터키를 떠나 워싱턴 DC로 왔다. 그는 직접 백악관에서 일하면서 셔먼 장군이 북군의 자원을 확보하는 일을 거들었다. 이렇게 조슈아는 에이브러햄의 인생에 다시 들어오게 되었다. 대통령의 비서관들은 남북전쟁 동안 "스피드와 링컨은 서로가 서로에게 영혼을 다 바쳤다"고 논평했다.

또 다른 종류의 사랑

링컨 대통령이 암살된 뒤에 조슈아와 데이비드는 각각 자신의 아내와 함께 지냈다.

에이브러햄은 자신이 누구와 함께 지내는지 굳이 숨기려 들지 않았는데 이유는 여러 가지였다. 본인이 별로 신경 쓰지 않았을 수도 있고, 대통령과 그 남자들 사이에 뭔가가 있다고 사람들이 의심하지 않았을 수도 있다. 당시에 남자들끼리의 내밀한 우정은 그럴 수 있다고 받아들여졌을 수도 있다. 불과 200년 전만 해도 동성의 관계를 바라보는 세상의 시선이 지금과는 참 달랐다. 물론 남자끼리의 섹스는 지금보다 더 지탄받고 금지된 일이었지만 특정한 형식의 친밀함은 괜찮았던 시절이다. 심지어 대통령이라 해도 말이다.

몸만 여자였던 진짜 사나이

앨버트 캐시어

Albert Cashier

1843~1915

미국 미시시피주 빅스버그를 포위한 북군(Union) 병사들은 미시시피 강에 있는 최후의 남군(Confederate) 거점을 함락시키려 했다. 그러나 북군 병사인 앨버트 캐시어 일병은 일이 계획대로 진행되지 않고 있다고 생각했다.

아니, 계획이 틀어진 정도가 아니라 대재앙이나 마찬가지였다. 앨버트는 빅스버그를 정찰하던 중 남군 병사에게 붙잡혀 포로가 된 상태였으니까. 하지만 언제나 두려움이 없었던 앨버트는 이 싸움에서 벗어나기를 무엇보다 간절히 바랐다.

재빨리 머리를 굴린 앨버트는 자신을 지키던 병사의 소총을 잡아채 개머리판으로 그를 때려눕혔다. 그러고는 도망쳐서 간신히 자신의 부대로 돌아올 수 있었지만 그래도 앨버트가 안전했던 건 아니다. 태어났을 때 정해진 여자라는 성별 때문에 예전부터 안전한 적은 단 한 번도 없었으니까.

미국으로

요즘 사람들이 흔히 생각하는 위험하지 않고 안전한 삶을 앨버트는 거의 살아본 적이 없었다. 그는 아일랜드 감자 기근(아일랜드에 감자역병균이 돌면서 감자 생산량이 급감해 100만 명가량이 굶어 죽은 기근—옮긴이)이 돌 때 아일랜드에서 자랐고 당시 많은 농민이 그랬듯 언제나 기회의 땅인 미국으로 탈출할 마음을 갖고 있었다. 미국으로 가는 배는 자주 있었으므로 항구에서 몇 킬로미터 떨어진 작은 마을에 살던 앨버트는 그냥 항구까지 걸어가기만 하면 되었다. 하지만 배를 탄다고 해서 모두 미국에 갈 수 있다는 보장은 없었다. 배가 대서양 한복판에서 가라앉거나 배 안에 전염병이 돌아 승객들이 죽는 일이 흔했기 때문에 사람들은 이민자를 태우고 가는 선박을 '관짝 같은 배(coffin ships)'라고 불렀다.

게다가 앨버트에게는 문제가 또 있었다. 그는 아직 '앨버트'가 아니었다. 그는 그때까지 제니 호저스라는 여자로 자라왔다.

마침내 미국으로 가는 배에 탈 날이 왔을 때, 제니는 항구로 가는 길에 치마와 페티코트를 버리고 그때부터 앨버트 D. J. 캐시어라는 이름의 남자로 살기로 결심했다. 제니가 그 순간 바로 이름을 떠올렸는지, 아니면 오랫동안 생각해온 것인지는 확실히 알 수 없다. 이 시기에는 남자 행세를 하는 여자들이 많았는데 이유는 다양했다. 예를 들어 혼자 여행할 때는 여자가 남장을 하는 게 안전하다는 이유도 있었다. 하지만 남장을 했더라도 여행이 끝나서까지도 계속 남자로 살아간 것은 아니다. 그런데 앨버트는 달랐다. 그의 남장은 편리함 이상의 더 깊은 이유가 있었기 때문에 그는 이후 50년 이상이나 꾸며낸 정체성을 유지하며 살았다. 당시에는 '트랜스젠더'라는 말이 없었지만 앨버트는 자신의 진짜 젠더가 남들이 바라보는 자신의 젠더와 일치하지 않는다는 걸 분명히 깨달았다. 아일랜드를 떠나는 것은 그의 진정한 모습인 남자의 삶을 새롭게 시작할 완벽한 기회였다.

항구에 간 앨버트는 뱃삯을 확인했다. 요즘 시세로 따지면 300달러 정도였다. 1850년대에 배표를 구하기란 지금으로 치면 하늘에서 아이폰이 뚝 떨어지는 것과 마찬가지였다. 그래서 앨버트는 배에 몰래 숨어드는 밀항을 결심했다.

앨버트는 부두에 서있는 사람들을 향해 슬프게 작별을 고하는 척하고는(말 안 해도 알겠지만 모르는 사람들이었을 것이다), 태연하게 배 위를 어슬렁거리며 표를 가지고 있는 척했다. 앨버트의 허세는 먹혀들었고 별 탈 없이 두 달간의 여정이 흘렀다. 앨버트는 마침내 보스턴에 도착했다. 말 그대로 새로운 남자가 된 채로.

물불 안 가리는 대담한 녀석

아일랜드에 퍼진 소문에 따르면 미국은 길 위에 금을 깔아놓은 곳이었다. 하지만 막상 가서 보니 생거짓말이었다. 미국에는 일자리가 없었다. 다시 말해, 일자리가 없으니 돈도 못 벌고 먹을 것도 구하지 못했다.

무엇보다도 난생 처음 남자로 살아야 하는 일은 쉽지 않았다. 그래서 앨버트는 미국 서부로 발걸음을 옮겼는데 가는 여정 동안 잡역부가 되어 온갖 궂은일을 도맡았다. 도중에 일리노이에 정착했지만 오래 머물지는 않았다. 난데없이 황금과 같은 기회가 있다는 말을 들었기 때문이다. 먹을 것과 입을 것을 제공해주는 안정적인 직업이 저절로 생기다니. 1862년 8월 3일, 앨버트 D. J. 캐시어는 군대에 입대했다. 신체검사는 어이없이 통과되었다. 당시 북군은 필사적으로 병사를 모집하고 있었기 때문에 앨버트는 신체검사에서 손과 발만 보여주고도 합격할 수 있었다. 그는 동기 중에서 가장 키가 작았다. 전우들은 키가 작다고 계속 놀려대기는 했지만 괜찮았다. 앨버트가 여자라고 의심할 만한 다른 이유는 없었으니까.

앨버트는 제95사단 일리노이 자원보병연대의 G중대에서 근무하며 다른 남자 동료들과 보조를 맞추어 사는 데 문제가 없었다. 일리노이에서 켄터키, 테네시, 미시시피, 루이지애나, 앨라배마까지 가는 행군도 거뜬히 해냈다(3년 동안 무려 16,000킬로미터를 행군한 것이다!). 앨버트는 대체로 혼자 지냈지만 주변 병사들과도 잘 지내 동료들은 앨버트를 무척 좋아했다. 부대에 있을 때는 수줍어하고 사생활을 중시하는 편이었지만 전장에서는 누구보다 호전적이었다. 남군 병사들을 대놓고 비웃으며 도발해 그들의 위치를 알아낸 다음 총을 마구 쏘아댔다. 그래서 동료 병사들은 모두 임무 수행 중에 앨버트의 옆에 있고 싶어했다. 한 동료 병사는 이렇게 그를 기억했다.

"물불 안 가리는 대담한 녀석이었지. 밥 먹는 것보다 전투가 먼저였다고!"

하루는 깃대가 부러져 연방 깃발이 진창에 떨어졌다. 앨버트는 거센 포격을 뚫고 나가 깃발을 들고 나무에 올라가 모두가 볼 수 있도록 이리저리 흔들었다. 중대장이 위험을 무릅쓴 행동을 꾸짖으려 했지만 앨버트는 이렇게 쏘아붙였다.

"연방의 깃발은 자유로이 나부껴야 합니다!"

그러자 곁에 있던 병장이 말했다.

"그놈은 부대에서 가장 조그마한 양키지만 전투에서 제 몫을 톡톡히 해내지요!"

정말 기적처럼, 다른 사람들은 전쟁과 질병으로 죽어갔지만 앨버트는 3년간의 전쟁을 무사히 견뎌냈다. 부상을 입었다면 그의 비밀이 밝혀졌을지도 모르지만 여자로 태어난 그의 몸은 결코 드러나지 않았다. 그에게는 다행스럽게도 병사들은 서로의 앞에서 옷을 갈아입지 않았고 그는 언제나 몸매가 드러나지 않는 헐렁한 군복을 입고 잤다. 그렇게 앨버트는 남자로 지낼 수 있었다. 물론 얼굴에 수염이 나지 않는 남자였지만.

일리노이에서의 삶

전쟁이 끝난 후 앨버트는 일리노이주 벨비디어에 정착해 다시 잡역부로 일했고 그 후로는 농장 일꾼이 되었다. 그는 매일 군복을 입었다. 아마도 다른 옷을 살 돈이 없었던 것 같다. 전쟁이 끝나자 다시 수줍음이 많지만 매력적인 본래의 모습으로 돌아왔다. 매일 밤 그는 마을의 석유 가로등을 켰다가 시간이 지나면 끄는 일을 했다. 생활은 조용했다. 전쟁으로 보낸 시기와 비교하면 참 조용한 나날이었다.

그러던 어느 날 상황이 나빠졌다. 앨버트는 당시 기계 수리공으로 일하고 있었다. 그런데 일하던 곳의 사장이 당시 새로 출시된 자동차라는 기계를 타다가 운전 미숙으로 앨버트의 다리를 치고 말았다.

마침내 의사는 오랜 세월 지켜온 앨버트의 비밀을 알게 되었다.

하지만 당시는 '트랜스젠더'라는 말이 없던 시기라 지인들은 그를 평소 알고 지내던 앨버트로 받아들였다. 사장과 의사를 비롯해 앨버트가 회복되는 동안 그를 돌본 많은 사람들은 그가 여자라는 사실을 비밀에 부쳤다. 한편 앨버트의 건강은 점점 나빠지고 있었다. 몇 달이 지나자 그의 상태는 주변 사람들이 도와줄 수 있는 범위를 넘어서버렸다. 결국 앨버트는 상이군인 요양소로 이송되었다.

앨버트의 이름은 제니 호저스로 등록되었지만 그를 목욕시키는 소수의 직원들은 그 사실에 관해 함구했다. 앨버트는 요양소에서 남자로 살아갈 수 있었고, 문병 온 동료 퇴역 군인들과 전쟁 이야기를 회상했다. 그곳에서도 앨버트는 매일 군복을 입었다.

죽어서 존경받다

앨버트의 건강은 계속 악화되었고 일흔의 나이에 덜 관용적인 시설로 이송되었는데 바로 정신병원 여성 병동이었다. 직원들은 그에게 억지로 치마를 입혔다. 허리에 치마를 두른 채 걷는 게 생소했던 앨버트는 어느 날 결국 심하게 넘어져 엉덩이를 다치고 말았다. 병석에 누운 뒤로 그는 다시는 일어나지 못했다.

참으로 특이한 삶이 끔찍하게 끝나버린 후 놀라운 일이 벌어졌다. 앨버트의 장례식 날, 제95사단 보병연대의 병사들이 줄지어 찾아와 앨버트가 살아온 대로, 즉 그의 정체성 그대로 남자로 장례를 치르는지 확인하러 온 것이다. 벨비디어 마을은 앨버트의 유해를 따스하게 맞아주었고 앨버트는 군복 차림에 관에 성조기를 덮은 채로 완벽한 군 장례 절차를 거쳤다. 그의 묘비에는 '앨버트 D. J. 캐시어'라는 이름이 새겨졌다.

성적 매력 넘치는 블루스의 대모

거트루드 '마' 레이니

Gertrude "Ma" Rainey

1886~1939

방 안의 여자들은 옷을 홀딱 벗고 있었다. 한 사람도 예외가 없었다.

시카고 경찰이 고성방가 신고를 받고 마(Ma)가 살고 있는 아파트로 출동했을 때만 해도 이런 상황을 보게 되리라고는 상상조차 하지 못했을 것이다. 음, 여자들이, 그러니까 알몸의 여자들이 자기 옷을 챙기느라 정신이 없었다. 여자들은 서둘러 옷을 챙겨서 어둠 속으로 사라졌다. 광란의 파티를 보내다가 체포되어서 좋을 건 하나도 없었다. 특히나 당시는 1925년이었으니까.

많은 여자들이 옷을 꼭 쥔 채 경찰을 피해 뒷문으로 빠져나갔다. 하지만 마는 운이 나빴다. 계단에서 추락하는 바람에 경찰에 붙잡혔고 그날 밤을 감옥에서 보내야 했다. 하지만 마는 머지않아 더 추락할 운명이었다. 그리고 더 높이 올라갈 운명이기도 했다.

블루스의 대모

광란의 파티를 주최하기 훨씬 전부터 마는 음악적 소양을 키워왔다. 그녀는 남부 대농장의 노예로 살다가 해방된 후 무대에서 공연한 할머니로부터 노래를 배웠다. 조지아주 컬럼버스에서 거트루드 프리젯이라는 이름으로 태어난 마는 십대 때 순회공연 중이던 텐트 쇼(tent show, 19세기 말에 미국에서 유행한 순회공연—옮긴이)에서 처음으로 블루스를 들었다. 그녀는 노래를 듣는 순간 훅 빠져들었고 그해에 민스트럴 쇼(minstrel show, 남북전쟁 전후에 유행한 엔터테인먼트 쇼로, 흑인 분장을 한 백인이 춤과 음악, 촌극 등을 섞어 공연—옮긴이) 극단에 들어갔다. 민스트럴 쇼는 인간성을 무시한 인종차별주의적인 고정관념에 기초한 쇼였지만, 이 쇼를 통해 마를 비롯한 흑인 공연자들은 전국을 누비며 먹고살 수 있었다. '유랑 악단'이 지금은 별로 대담한 시도인 것 같지 않아도, 마가 살던 시절에는 여전히 노예제도의 잔재가 미국 문화 전반에 진하게 남아 있어 자유로운 행동을 한다는 것 자체가 굉장한 일이었다.

타고난 가수인 마는 순회공연에서 급속도로 인기를 얻었다. 그녀는 곧 대단한 매력을 발산하는 윌리엄 '파' 레이니를 만나게 되었다. 그의 매력은 마에게도 통했다. 얼마 지나지 않아 거트루드는 '마'가 되어 윌리엄 '파'와 짝을 이루었고 두 사람은 블루스계를 씹어먹는 그룹 레이니 앤드 레이니(Rainey and Rainey)로 크게 성공했다. 두 사람은 심지어 거실이 완비된 전용 열차도 가지고 있었는데, 오늘날로 따지자면 걸프스트림 G500(고급 개인용 제트기로 가격이 약 6,000억 원에 달한다—옮긴이)에 해당한다.

하지만 연예계의 비즈니스 커플이 흔히 그렇듯 마와 파의 관계도 시간이 흐르면서 무너지고 말았다. 처음 만나고 12년이 지난 뒤에 음악적 관계와 혼인 관계를 모두 끝내고 마는 파를 떠나버렸다. 그녀는 결혼 생활을 할 때도 다른 남자나 여자와 서슴없이 자곤 했는데, 이제는 진정으로 자유로운 몸이 되었다.

마는 가는 곳마다 공연장을 가득 채울 수 있었고, 솔로로 전향해서도 그녀의 인기는 금세 폭발적으로 늘어났다. 마가 무대에 오를 때면 커다란 장신구들이 짤랑거리는 소리를 들을 수 있었다. 이 작고 통통한 흑인 여자는 치아부터 특유의 금화 목걸이까지 온통 금빛으로 빛났고 드레스와 머리띠도 무대 조명을 받아 반짝거렸다.

당시에는 블루스곡이 정식으로 녹음된 적이 없었다. 남부 지역 외에는 블루스라는 노래를 들어본 사람도 드물었다. 마와 같은 유랑 악단 가수들은 과거에 노예제도를 시행하던 주州들을 돌아다니며 공연했는데, 공연장 좌석은 백인은 왼쪽, 흑인은 오른쪽으로 구분되어 있었다. '유색인' 관객들은 밭이나 공장에서 일하고 받은 주급의 상당량을 들여 공연 티켓을 구매했다. 고단한 인생에 관한 진솔한 노래를 듣고 싶은 관객들에게 마의 공연은 제격이었다.

당시 주류 음악은 대부분 완벽한 이성애적 관계를 노래하거나 밤하늘의 저 달이 얼마나 예쁜지를 노래하는 데 그친 반면, 마의 노래는 육체노동과 불평등, 슬픔, 바람기, 가정 폭력에 관해 노래했다. 다른 팝 스타들이 춤추기에 좋은 곡을 작곡했다면, 마는 흑인의 삶에서 중요한 문제들을 담아 노래를 부르는 비욘세였던 셈이다. 다른 동료들이 안전한 주제를 택할 때 그녀는 무대 위에서 노골적으로 인권 문제를 걸고 넘어졌다. 그녀의 노래는 미국에서 흑인으로 살아가는 고단함만 담고 있지는 않았다. 여성 고유의 성적 욕망을 처음으로 노래한 사람도 바로 그녀였다. 마의 노래 속 여성들은 남자와의 결혼을 당연한 일로 여기지 않았다. 마는 남편과 애인을 동시에 가진 여성을 노래했고, 자기 대신 돈을 내주는 남자라면 누구든 받아들인다는 가사를 만들었다. 오늘날 섹스와 성적 지향에 관한 노래로 빌보드 차트 상위권을 달리는 여성 음악가들은 마 레이니에게 진 빚이 크다고 할 수 있다.

"증명하고 말 거야"

마는 '음란한 파티'를 주최했다는 죄목으로 체포된 다음 날 아침에 보석금을 내고 풀려났다. 이 파티는 마가 주최한 유일한 광란의 파티로 기록에 남았다(물론 그전에 다른 파티도 많았을지 모른다). 경찰은 그 자리에서 실제로 성행위를 '보지는' 못했고 그저 알몸인 여자들만 보았기 때문에 다른 혐의를 적용할 수 없었다. 이렇게 체포된 마는 가수 인생이 쉽게 끝나버릴 수도 있었다(그즈음 최초의 현대 레즈비언 소설인 『고독의 우물』이 음란 혐의로 재판 중이었다). 하지만 마는 그 사건을 숨기기는커녕 오히려 「Prove It on Me Blues」라는 노래를 발표해 확 드러냈다. 신문에 실린 싱글 앨범 광고에서 마는 남성 정장을 입고서 늘씬한 여자 두 명을 유혹하는 모습을 실었다. 참 대단한 논란거리 아닌가!

어젯밤 난 내 친구들을 잔뜩 데리고 나갔지
걔들은 죄다 여자였어, 난 남자가 싫거든
맞아 나는 셔츠를 입고 넥타이를 맸지…
여느 중년 남자처럼 여자들에게 말을 걸어…
내가 그렇게 해도 아무도 날 잡지 못할 거야
확실히 내가 증명하고 말 거야.

마는 그 후로도 10년에 걸쳐 엄청난 성공을 거두었지만 결국 대공황 때 음악산업이 심한 타격을 입으면서 은퇴하고 말았다. 게다가 음악의 유행은 마의 '남부 시골(down-home)' 음악에서 당시 탄력을 얻고 있던 재즈로 넘어가고 있었다. 몇 년 후 마가 세상을 떠나자, 동료 여자 블루스 가수들은 "마 레이니가 떠난 이후로 사람들은 확실히 외로워 보인다"고 노래했다.

마는 개성과 열정으로 유명해졌는데 어떻게 보자면 그녀의 개성이 음악보다 더 오래 살아남았다. 마에게는 형언할 수 없는 특별한 무언가가 있었다. 현대 여성 아티스트들은 마 레이니가 얼마나 용감하게 앞길을 닦아왔는지 잘 모를 수도 있겠지만 그들의 음악에는 여전히 마 레이니의 특별함이 메아리치고 있다.

처음으로 M2F 수술대에 오르다

릴리 엘베

Lili Elbe

1882~1931

유명한 덴마크 화가 아이나르 베게너는 거울에 비친 자기 모습에서 눈을 뗄 수 없었다. 거울 속 아름다운 여인이 이쪽을 바라보고 있는 게 놀랍게도 어찌나 기쁘던지. 지금 입은 옷과 스타킹의 느낌은 마치 평생 여자 옷을 입고 다녔던 것처럼 자연스럽기 그지없었다. 아이나르의 아내인 화가 게르다도 새로 알게 된 남편의 아름다운 모습을 옆에서 지켜보며 기분 좋은 감탄사를 질러댔다.

그날 게르다의 초상화 모델을 해줄 사람이 늦는 바람에 그녀는 아이나르에게 잠깐만 모델을 해달라고 말했다. 하이힐을 신은 모델의 발과 다리를 두른 드레스를 그려야 했기 때문이었다. 아이나르는 처음에는 거절했지만 아내가 계속 애원하자 결국 넘어가고 말았다. 게르다는 다리만 그리면 되는데도 남편에게 힐만 신기지 않았다. 재미 삼아 가발을 씌우고 화장까지 시켰다. 그런 다음 한 발짝 뒤로 물러나 자신이 꾸민 남편을 감상하며 말했다.

"평생 여자 옷만 입고 살았던 것처럼 잘 어울리네!"

이윽고 도착한 진짜 모델도 아이나르를 보고는 게르다처럼 기뻐하며 말했다.

“당신은 분명 전생에 여자였을 거예요. 그런데 이번 생에는 조물주가 실수로 남자로 만들어버렸네요.”

그녀는 아이나르가 옷을 도로 갈아입으려 하자 말리기까지 했다. 이토록 매력적인 여자의 모습을 보고 말았는데 다시 남자로 돌아가는 걸 지켜볼 수 없다고 했다. 게다가 아이나르에서 변신한 여성에게 이름까지 붙여주었다. 바로 릴리.

아이나르는 릴리라는 이름에 따라붙는 정체성을 거부할 수 없었다.

릴리로 다시 태어나다

그날이 릴리의 몸으로 거듭난 날은 아니지만 릴리의 정신은 확실히 거듭났다. 그로부터 약 20년 후 신체가 여자로 바뀔 때까지 아이나르라는 남자와 릴리라는 여자는 한 몸을 공유하게 되었다. 아이나르는 자신의 몸에 실수로 여자가 갇혀 있다는 느낌을 받은 게 아니었다. 자신과는 아예 다른 여자가 그의 몸으로 ‘태어났다’고 느꼈고, 그 여자는 그와 한 몸을 공유하고 싶어 하지 않는다고 생각했다.

아이나르는 게르다와 행복한 결혼 생활을 이어나갔다. 게르다는 말 그대로 아이나르의 완벽한 배우자가 되어주었다. 둘의 작업실에서 릴리를 만났던 날 이후로 릴리가 완전히 드러나도록 격려해준 건 바로 게르다였다. 부부는 릴리를 ‘창조’하고 꾸며주면서 즐거워했지만, 오래지 않아

아이나르의 크로스드레싱과 자아는 단순한 놀이 수준을 넘어섰다. 릴리가 삶을 주도하기 시작했다. 어느덧 아이나르는 아내의 옷을 입고 릴리가 되어 점점 더 많은 밤을 보내게 되었다.

마침내 두 사람은 아이나르와 릴리 중 하나만 살아남게 되리라는 것을 깨달았다. 둘은 한 몸과 한 정신을 공유할 수 없는 아예 다른 사람이었으므로 반반씩 나누어 살 수 없었다. 아이나르와 릴리는 저마다 오롯이 자신의 몸과 삶을 가질 수 있기를 바라면서 나날이 욕구를 억누르며 살았다. 아이나르는 릴리를 사랑하면서도 동시에 미워했다. 그는 진심으로 릴리를 아끼고 그녀가 드러나기를 바랐지만, 만약 그렇게 된다면 자신의 인생이 더는 존재할 수 없다는 사실도 알았다.

결단과 실행

1920년대에는 트랜스젠더를 위한 정보가 전혀 없었다. 뭔가 있었더라도 그 정보를 얻을 통로가 없기는 마찬가지였다. 지금이라면 구글에 '젠더 디스포리아(gender dysphoria, 성별 불일치)'라고 검색하거나 텀블러(Tumblr, 블로그와 SNS를 결합한 플랫폼—옮긴이)에서 같은 경험을 하는 사람들의 커뮤니티를 찾아서 긍정적인 대화를 나눌 수도 있겠지만, 아이나르는 그럴 수가 없었다. 1923년에 '트랜스베스타이트(transvestite)'라는 용어를 만든 독일 의사 마그누스 히르슈펠트가 베를린에 최초의 성전환 클리닉을 열었다. 하지만 아이나르는 히르슈펠트의 존재를 알지 못했다.

그래서 일반 의사들을 찾아갔고, 의사들은 그가 완전히 미쳤다고 말했다. 의사들은 이런 '혼란스러운' 환자는 정신병원에 수용하는 것밖에는 다른 방법이 없다고 진단했다.

결국 아이나르는 몇 달 후가 될 1930년 5월 1일에 자살하기로 결심했다. 결심을 하고 나니 고문과도 같았던 이중생활이 곧 끝난다는 사실에 기분이 괜찮아졌다. 릴리는 필사적으로 오롯한 여자가 되고 싶었고 아이나르는 더 이상 그녀의 앞길을 막고 싶지 않았다. 그는 모든 걸 포기할 준비가 되어 있었다. 이 결정이 릴리도 함께 죽는 걸 의미한다 하더라도.

다행히 1930년 2월, 아이나르는 쿠르트 바르네크로스 박사를 만났다. 쿠르트는 여느 의사와는 달리 곧바로 아이나르를 이해했다. 외부로 드러난 남성 생식기 말고도 발달하지 않은 난소를 가졌을 가능성도 있다며 도와주겠다는 쿠르트 박사의 말에 아이나르는 안도의 눈물을 흘렸다(실제로 이건 사실로 밝혀졌다. 그는 간성이었다).

"당신을 이해합니다. 얼마나 고통이 많으셨습니까."

이토록 아름다운 말을 들어본 적이 있던가. 어쩌면 릴리는 살아남게 될지도 몰랐다!

릴리가 정말로 태어나다

외과 수술은 원래 있던 외부의 성기를 제거하는 것으로 시작해 내부의 성기를 추가하는 것으로 끝나는데 이 일련의 과정은 대부분 위험하고 실험적이었다. 아이나르의 첫 수술인 거세는 성공적이었다. 물론 극도로 고통스러운 회복 기간을 거쳐야 했지만 어쨌든 성공이었다. 몇 달 후, 아이나르는 여성의 질을 만들고 난소를 완전히 발달시키는 수술을 두 번 더 받았다. 아이나르의 회복 기간 동안 게르다는 옆에서 릴리의 손을 잡아주었다. 이 수술을 시행한 병원은 독일 드레스덴의 엘베강 옆에 있었고 릴리는 이곳을 자신의 출생지로 여겼다. 수술이 시행된 4월은 그녀가 태어난 달이 되었다. 계획했던 대로 아이나르는 5월 1일에 사라진 존재가 되었다.

릴리는 새로 태어난 아이와도 같았다. 그녀는 스스로를 한때 아이나르의 몸에 살았던 존재로 여기지 않았고 아이나르의 경험과 기억을 자신의 것이라 생각하지도 않았다. 그녀는 새로운 사람, 즉 이 세상에 처음으로 사람이 되었다. 심지어 글씨체도 전과는 달랐다. 아이나르를 떠나보낸 뒤 릴리의 삶에서 변하지 않은 것은 아내 게르다뿐이었다. 둘은 다정한 자매처럼 팔짱을 끼고 함께 드레스를 쇼핑했다. 릴리는 게르다 말고는 의지할 사람이 거의 없었다.

가끔 릴리는 자신이 아이나르를 죽였다는 기분이 들었고 재능 있는 예술가의 삶을 빼앗았다는 죄책감에 시달렸다. 릴리는 화가도 아니었고 화가가 되고 싶지도 않았다. 아이나르의 친구들은 대부분 릴리를 다정하게 대해주지 않았다. 그들은 도대체 무슨 일이 벌어지고 있는지 분간할 수 없었다.

게르다와 릴리는 자신들이 특이한 상황에 처했다는 걸 알게 되었다. 둘의 사이는 돈독했지만 아무리 봐도 남편과 아내는 될 수 없었다(그리고 '아내와 아내'로 사는 선택지를 택하는 것도 불가능했다. 일단 동성 결혼은 덴마크에서 허용되지 않았고 둘 다 여자라서 남자와의 관계에만 끌렸다). 덴마크 왕은 특별령을 내려 1904년에 맺어진 아이나르와 게르다의 결혼 관계를 무효로 만들었다. 게르다와 결혼했던 남자는 엄밀히 말해 이제 존재하지 않았기 때문이다. 혼인 무효는 1930년 10월 6일에 공식적인 효력을 발휘했다. 정부가 릴리와 같은 사람을 여자로 인정해준 건 처음이었다. 또 그녀는 릴리라는 여성으로 인정받아 덴마크 여권을 발급받았다.

한편, 사람들은 유명한 화가인 아이나르 베게너에게 무슨 일이 일어났는지 궁금증을 갖기 시작했다. 릴리와 게르다는 그간의 사실을 대중에게 알리기로 마음먹었다. 한 신문이 아이나르의 성전환 수술 과정과 릴리 엘베를 소개하는 기사를 냈다. 이 뉴스는 비교적 호평을 받았다. 덴마크 사람들은 조금 놀라기는 했지만 릴리의 성전환을 질병으로 보거나 그릇된 행위라고 낙인찍지는 않았다. 사람들이 아이나르의 그림을 사려고 몰려든 덕분에 릴리는 그 수입으로 먹고살 수 있었다.

새로운 삶을 꿈꾸었으나

게르다는 1931년에 다른 남자와 재혼했다. 릴리는 오래 친구로 지낸 클로드 르쥔에게 청혼을 받고서 무척 기뻐했다. 하지만 왠지 릴리는 결혼하자고 대답할 수 없었다. 여자로 14개월째 살고있는 그녀지만 아직도 자신이 미완성인 느낌이 들었기 때문이다. 바로 아기를 낳을 수 있는 자궁이 없었던 것이다.

릴리는 드레스덴으로 돌아가 마지막 수술을 받았다. 수술 이후의 삶과 아기를 가질 수 있는 가능성에 무척 들떠 있었다. 하지만 3개월 후 새로 이식한 장기에 거부반응이 나타나 세상을 떠나고 말았다. 그녀는 마지막 수술에 들어가기 전, 병원에서 친구에게 이런 편지를 썼다.

> 14개월이 그리 긴 시간은 아니지만, 나는 온전하고 행복한 인간으로 산 것 같아. … 앞으로 신체적인 한계를 이기지 못하고 죽어야 한다고 해도, 나는 행복하게 그 운명을 받아들일 거야. 적어도 산다는 게 뭔지는 분명히 알았으니까.

고통을 그림으로 토해낸 사랑꾼

프리다 칼로

Frida Kahlo

1907~1954

어느 목요일 방과 후였다. 멕시코시티에 사는 십대 두 명이 버스 뒷좌석에 같이 앉아 있었다. 프리다는 부모님에게 알레한드로와는 그저 친구일 뿐이라고 말했지만 사실 둘은 사귄 지 좀 된 사이였다(그리고 실제로 둘은 늘 그렇듯 오후 시간에 이런저런 짓을 하러 알레한드로의 집으로 가는 중이었다). 천진난만하게 사랑에 빠져있던 둘은 이때만 해도 아무것도 몰랐지만, 이제 둘 중 한 사람의 삶은 영영 바뀔 예정이었다.

어디선가 난데없이 전차 한 대가 돌진해 두 사람이 탄 버스에 충돌했다. 버스는 산산조각이 나버렸고 사람들과 나뭇조각들이 공중에 흩어졌다. 어떤 승객이 갖고 있던 금가루(그림을 그릴 때 쓰는 진짜 고운 금가루였다) 주머니가 터지면서 금 먼지가 휘날렸다. 눈앞이 흐릿하게 반짝이는 오후의 순간이었다.

알레한드로는 심하게 다친 데 없이 잔해 밑에서 빠져나왔지만 프리다는 여전히 잔해에 깔려 있었다. 파편에 옷이 찢긴 프리다는 나체나 다름없었다. 그리고 그 몸은… 알레한드로가 마지막으로 봤던 몸과는 달라져 있었다고 해두자. 피투성이가 된 채 발목이 고통스럽게 꺾인 프리다의 온 몸에는 금가루가 뿌려져 있었다. 그래도 아직은 괜찮은 듯했다. 최소한 팔다리는 멀쩡해 보였고 의식도 있었으며 숨도 쉬고 있었으니까.

그런데 알레한드로는 무언가를 보고 말았다. 잔해가 프리다의 몸 위를 덮고 있는 것이 아니라, 그 몸을 '관통하고' 있었다. 전차에 달려 있던 철제 난간이 프리다의 몸을 뚫고 빠져나온 것이다. 등으로 들어간 난간은 그녀의 질膣로 빠져나왔다. 옆에 있던 생존자가 그 몸에서 난간을 비틀어 빼내자, 프리다의 비명이 다가오는 구급차의 사이렌 소리보다 크게 울려 퍼졌다. 나중에 프리다는 자신이 처녀성을 잃은 때가 바로 그때라고 말했다.

회복기

프리다(음… 정식 이름은 마그달레나 카르멘 프리다 칼로 이 칼데론인데, 줄여서 프리다라고 부르자)는 1925년에 사고를 당하기 전부터도 평범한 고등학생은 아니었다. 그녀의 친구는 대부분 사내아이들이었고 모이면 철학과 혁명에 관한 이야기를 나눴다. 남자애들은 미친 듯이 책을 읽고 전설에 남을 만한 위험천만한 짓을 저질렀다. 예를 들면 마르크스에 관해 가르치기를 거부한 선생님에게 항의의 표시로 수업 시간에 소형 폭탄을 터트릴 정도였다.

머리를 짧게 자르고 다녔던 프리다는 달리기를 하고 운동을 즐기는 게 숙녀답지 못한 행동이었음에도 전혀 신경 쓰지 않았다. 부모님을 민망하게 만들어도 아랑곳하지 않았다. 심지어 남자 정장을 입고서 가족사진 촬영장에 나타나기도 했다. 프리다는 소아마비를 앓아서 다리를 저는 것에도 별로 구애받지 않았고 언제나 자기 생각대로 밀고 나가는 삶에 만족했다.

그러나 그 사고 이후로 모든 게 달라져버렸다.

열여덟 살의 프리다는 척추와 갈비뼈, 골반과 오른쪽 다리, 쇄골이 모두 이리저리 골절된 상황에서도 간신히 살아남았다. 하지만 살아가면서 그녀는 차라리 그때 죽어버렸더라면 좋았을 거라고 자주 생각하게 되었다. 프리다는 전신 깁스를 하고서 꼬박 한 달을 침대에 누워 있었다. 이 기간 내내 대부분 혼자였고 전혀 움직일 수 없었다.

이후로 프리다는 29년을 더 살면서 36번의 수술을 받았다. 부서진 뼛조각과 찢어진 장기들이 저절로 붙으려 하면서 고통은 매일같이 찾아왔다. 골반 부위는 회복되었지만 아이를 가질 수 없다는 판정을 받았다. 척추는 예전처럼 돌아오지 못했고, 성인이 되어서는 몸을 세우기 위해 금속 코르셋을 입어야 했다.

병원에서 퇴원한 뒤 집에 돌아온 프리다는 벽과 천장만 멍하니 응시했다. 알레한드로가 영영 떠나버렸을 때도 뒷모습만 하염없이 바라보았다. 프리다는 이 끝없는 지루함에서 벗어나고자 그림을 그리기 시작했다. 정확히 말하자면 지루함에서 벗어나는 건 물론이고 몸을 움직일 필요가 있었다. 그녀가 마음대로 쓸 수 있는 신체 부위는 팔과 손뿐이었다.

프리다가 그린 작품의 소재가 자신이었다는 사실도 놀랄 일은 아니다. 자기 자신이야말로 늘 함께 있는 존재였으니까. 그녀는 덮개가 달린 침대 위쪽에 거울을 붙여놓고 자기 자신을 모델 삼아 수십 장의 자화상을 그렸다.

사고 후 3년째 되던 해 프리다는 다시 걸을 수 있을 정도로 몸이 회복되자 자기 그림을 집 밖으로 가지고 나와, 예술의 방향성을 알려줄 만한 사람에게 갔다. 그 사람이 바로 디에고 리베라였다. 디에고는 정치성이 농후한 화가로 알려졌던 만큼이나 여자 친구나 연인, 아내 가리지 않고 잠자리를 갖는 남자로도 유명했다.

당시 디에고는 멕시코시티 한복판에서 벽화를 그리고 있었는데 프리다는 작업대 아래에서 그에게 내려오라고 불렀다.

"나는 여기 놀려고 온 게 아니에요. 앞으로 먹고살려면 일을 해야 한다고요. 그림을 몇 개 그려봤는데 전문가의 입장에서 봐주셨으면 해요. 아주 솔직하게 대답해주세요. 내 허영심을 달랠 수준밖에 되지 않는 재능에 전념할 상황이 아니거든요."

디에고는 솔직하게 대답했다. 프리다의 그림은 전문 화가가 될 만큼 충분히 좋다고 말이다. 나중에 디에고는 그녀와 만났던 때를 이렇게 회상했다.

"그때는 잘 몰랐지만 이미 그 순간부터 프리다는 내 인생에서 가장 중요한 사실이 되어버렸다."

또 다른 사고

프리다는 자신의 인생에서 사고를 두 번 당했다고 말했다. 하나는 버스 사고였고 또 다른 사고는 디에고 리베라였다. 디에고를 처음 만났을 때 무려 이런 말을 했다.

"나 여기, 당신 꼬시러 온 거 아니거든요."

1920년대 멕시코의 시대상을 생각하면 둘의 진도는 너무도 빨랐다. 그들은 만난 지 며칠 만에 첫 키스를 나누었기 때문이다.

프리다는 디에고의 삶에서 그저 스쳐 지나가는 전형적인 여성 팬이 아니었고 디에고도 이 점을 잘 알고 있었다. 디에고가 처음으로 프리다에게 청혼했을 때 프리다의 부모는 딸의 병원비를 감당할 수 있을 만한 사람(물론 따지고 보면 부모가 보기에 이상적인 사위는 아니었지만)이 관심을 보여주어 안도의 한숨을 내쉬었다. 디에고의 나이는 프리다보다 두 배나 많았고 익히 알려진 대로 '바람둥이'라는 소문이 나돌았지만 프리다의 아버지는 딸보다는 유명한 벽화가인 디에고를 더 많이 걱정했다.

"내 딸에게 관심이 있는 것 같군요, 그렇지요?"

"네."

"저 애는 악마입니다."

"압니다."

"어쨌든, 난 경고했어요."

1년 후 두 사람이 결혼했을 때, 디에고는 나이 42세에 몸무게가 136킬로그램이었고 프리다는 22세에 45킬로그램이었다. 사람들은 부부를 보고 '코끼리와 비둘기'의 결합이라고 불렀다.

그런데 이 코끼리와 비둘기는 참 극적인 한 쌍이었다. 그들은 '오픈 매리지(open marriage, 부부가 상대방의 사회적·성적 독립을 승인하는 결혼 형태—옮긴이)'를 표방하지는 않았지만 둘 다 결혼 생활 동안 같이 잔 사람의 수가 각자 두 자릿수를 기록했다. 게다가 둘의 싸움은 늘 격렬했다. 프리다가 벽에 꽃병을 집어던지면 디에고는 칼로 그림을 찢었고 두 사람 모두 고래고래 소리를 지르며 다투었다. 둘은 서로 다른 집에 살았다. 두 집은 나란히 붙어서 가운데가 다리로 연결된 형태였지만 디에고의 집에서 프리다의 집으로 건너가는 입구는 자주 잠겨 있었다.

디에고가 모델들과 가볍게 밀회를 즐기는 정도는 감당할 수 있다고 생각할 무렵, 프리다는 놀랍게도 자신의 여동생과 남편이 오랫동안 불륜 관계였다는 사실을 알게 되었다. 이번에는 그 옛날 몸을 뚫었던 전차 난간이 자신의 가슴을 뚫어버리는 것 같은 기분이 들었다. 하지만 프리다는 신체적인 고통이든 감정적인 고통이든 뭐든 익숙했기 때문에 배신감을 묻어버리고 예전보다 더욱 좋은 아내로 살아갔다. 그녀는 디에고의 작품 활동이 먼저라고 생각하고는 남편이 계속 주문을 받아 일할 때면 매일같이 점심을 가져다주었다. 프리다는 미국을 '그링골란디아(Gringolandia)'라고 부르며 싫어했지만 벽화를 그리러 가는 남편을 따라 몇 달 동안 미국을 여행하기도 했다. 물론 여행하는 내내 자신이 사랑하는 멕시코를 무척 그리워했지만 말이다.

부부는 25년 동안 결혼 생활을 했고 결혼 중반에는 1년 동안 이혼 상태로 지내기도 했다. 그러다가 다시 서로에게 이끌려 재결합했다. 프리다와 디에고는 자석의 양극과 같아서 제아무리 저항력이 세도 언제나 열정적으로 결합될 수밖에 없는 운명이었다.

그녀의 여인들

디에고는 다른 남자들과 불륜을 저지르는 프리다를 심하게 질투했지만, 정작 자신이 다른 여자들과 관계를 맺는 건 개의치 않았다. 프리다의 좌우명은 '사랑하고, 씻고, 다시 사랑하자'였다. 가만히 누워있는 것부터 섹스를 하는 것까지 모든 행동 하나하나가 고통스럽기는 했지만 프리다 역시 쉴 새 없이 쾌락을 추구했다.

알려진 바에 따르면 프리다는 미국 화가 조지아 오키프, 멕시코 여배우 돌로레스 델 리오, 미국 태생의 프랑스 연주자 조세핀 베이커, 헝가리 사진작가 니컬라스 머레이, 멕시코 가수 차벨라 바르가스, 프랑스 화가 자클린 랑바, 미국 화가 이사무 노구치 등 쟁쟁한 예술가들과 함께 잤다고 한다. 심지어 디에고가 바람을 피운 적이 있는 미국 여배우 폴레트 고다드와도 같이 밤을 보냈다.

이런 모든 일을 겪으면서 그녀는 그림을 그렸다. 자신의 몸에 느껴지는 고통과 코끼리 같은 남편과의 결혼 생활에서 오는 고통을 모두 그린 것이다. 대중들은 그녀를 디에고 리베라의 아내가 아닌 프리다 칼로로 보기 시작했다. 파리의 초현실주의 화가들은 프리다 역시 초현실주의자라고 생각했지만 정작 프리다는 현실을 그려낸 것이라고 일관되게 주장했다 (물론 그녀의 세계는 외부 관찰자들이 보기에 초현실주의적이었지만).

버스 사고 후 29년이 지나고 프리다의 건강은 더욱 급속도로 악화되기 시작했다. 서른여섯 번의 수술을 견뎌내면서 다리 하나와 몇 개의 발가락을 잃었다. 다시 침대에 누워 생활해야만 했다. 디에고와의 결혼 생활 중 그 어느 때보다 차분하고 행복했다. 이번에는 디에고가 프리다를 돌봐주었다. 프리다의 작품은 이미 루브르 박물관에 걸려 있었지만 그녀는 특히 고국인 멕시코에서 열리는 자신의 첫 번째 전시회에 참석하기로 마음먹었다. 의사는 침대에 누워 있으라고 강력히 권고했다. 프리다는 애초에 규칙을 따르는 삶을 산 적이 없었으나 이번에는 규칙을 깨는 게 아니라 그 앞에 굽혀보기로 했다. 그녀는 네 귀퉁이에 기둥이 달린 캐노피 침대에 누운 채 침대를 통째로 미술관에 가져가게 했다. 그건 일종의 행위예술이 되었고 그녀의 삶에서 펼친 마지막 공연이었다.

여자 톱스타들의 여자 카사노바

메르세데스 데 아코스타

Mercedes de Acosta

1893~1968

라파엘은 다른 남자애들처럼 공을 잘 던질 수가 없었다. 아이들은 라파엘이 공을 던지는 모습을 보고 여자애가 바늘로 찌르는 것 같다고 놀려댔다. 아이들 사이의 긴장감은 점점 커져서 뉴욕의 운동장이 전쟁터처럼 달아오르기 시작했다. 결국 라파엘은 꼬마 골목대장에게 싸움을 걸었다.

그런데 그 대장 아이는 주먹을 휘두르는 대신 바지를 내리고 자신의 성기를 보여주며 이렇게 물었다.

"너 '이거' 있어?"

라파엘은 그걸 보고 소름이 돋았다. 그건 너무… '이상한 것'이었으니까.

"너 기형아구나!"

하지만 라파엘의 말에 그애는 자기 물건을 잡고서 조롱했다.

"너는 남자라면서 '이것'도 없냐? 없는 '네가' 기형아지."

다른 남자아이들도 음경이 있다는 증거로 저마다 자기 물건을 내보였다.

일곱 살 난 라파엘은 집으로 달려가 엄마에게 설명을 요구했다. 그제야 데 아코스타 부인은 아이의 눈을 똑바로 바라보며 진실을 이야기해주었다. 라파엘은 여자아이이고 진짜 이름은 메르세데스라는 사실 말이다.

"우리 중 누가 성별이 하나뿐이란 말인가?"

메르세데스는 그날을 가리켜 '비극'이라고 언급하며 이런 글을 남겼다.

> 그 짧은 순간에 나의 어린 영혼은 모든 게 바뀌어 괴상하고 끔찍하고 어두워지고 말았다.

메르세데스가 그때까지 남자아이로서 행복하고 자연스럽게 살 수 있었던 건 주로 어머니 덕분이었다. 데 아코스타 부인은 여자로 태어난 자기 아이가 어릴 때부터 남성적 기질을 많이 보인다는 걸 알아채고는 그대로 살도록 내버려두었다. 어머니는 메르세데스의 머리를 짧게 자르고 남자아이들의 놀이를 하도록 격려했다. 그래서 메르세데스는 다른 남자아이들에게는 음경이 있지만 자기에게는 없다는 사실을 알게 될 때까지 자기가 남자라는 걸 전혀 의심하지 않았다.

'비극'이 일어난 이후, 쿠바와 에스파냐에서 온 이민자인 메르세데스의 부모는 겁을 집어먹었다. 그들은 '남성적인 여성'이라는 변태적 성향에 관한 연구 내용을 찾아보기 시작하다가 테네시 출신의 십대 레즈비언 소녀가 자신과 결혼하지 않겠다는 동성 친구를 살해한 이야기를 접했다. 데 아코스타의 가족은 이 이야기를 비롯해 레즈비언에 관한 여러 부정적인 내용을 접하고 나서 딸의 극단적인 선머슴 같은 기질이 더 큰 문제를 일으킬 수 있다고 생각했다. 메르세데스의 부모는 아예 180도 방향을 틀어서 딸을 수녀원으로 보내 여성스러움을 배우게 했다.

수녀원에 가게 된 메르세데스는 한 수녀에게 이렇게 말했다.

"나는 여자도 아니고 남자도 아니에요. 어쩌면 둘 다일 수도 있고요. 잘 모르겠어요. 그런데 내가 어디에 속하는지 모르기 때문에 나는 어디에도 들어맞지 않을 거고 평생 외로울 거예요."

자신의 젠더 정체성 때문에 겪은 일을 생각해보면 메르세데스가 그토록 우울한 인생관을 가지고 살았다는 건 어찌 보면 당연한 일이다.

메르세데스는 젠더 문제에서 어째서 모두가 이토록 성기에 집착하는지 이해하지 못했다. 메르세데스는 오늘날로 치면 '논바이너리(nonbinary)'에 더 맞았을지도 모른다. 하지만 그때는 지금으로부터 100년 전이라 남성과 여성 사이의 장벽이 훨씬 더 공고한 시절이었다. 그녀는 성인이 되고 나서 이런 글도 쓴 적이 있다.

> 나는 남성과 여성 사이의 차이를 이해하지 못한다. 사랑의 영원한 가치만을 믿는 나는 이른바 '정상적인' 사람들이 믿는 것처럼 남자는 여자만 사랑해야 하고 여자는 남자만 사랑해야 한다는 이야기를 이해할 수 없다. 만약 그러하다면 영혼과 개성, 정신은 완전히 무시한 채 오로지 육체의 중요성만 강조하는 것이다.

메르세데스는 여성의 정체성을 택한 것처럼 보이지만 자신의 남성성을 부정하지도 않았기에 "우리 중 누가 성별이 하나뿐이란 말인가?"라고 썼다. 그녀는 온통 흑백으로 된 옷을 입고 말끔한 해적 스타일로 꾸몄다. 은색 버클 달린 신발과 긴 망토 차림에 그녀의 시그니처가 된 해적 모자를 썼다. 뉴욕의 넓은 거리를 활보하는 메르세데스는 칼만 안 찼을 뿐 해적 그 자체였다. 글로 먹고산 메르세데스는 주로 희곡과 시를 썼다. 하지만 지금 그녀는 글로 우리의 기억 속에 남아 있는 건 아니다. 여성들에게 보여준 솜씨와 대담한 개방성 때문에 확실한 명성을 얻었으니까.

"너도 자봤니?"

메르세데스를 한마디로 가장 잘 설명한 사람은 미국의 소설가인 트루먼 카포트다. 그는 '데이지 화환' 게임을 국제 대회로 연다면 메르세데스 데 아코스타야말로 가장 좋은 패라고 말했다. 여기서 카포트가 말한 '데이지 화환' 게임의 속뜻은 꽃을 서로 엮어 화환을 만들 듯, 서로 같이 잔 사람을 엮는 게임을 말한다. 메르세데스가 같이 잔 사람을 알아보면 추기경부터 공작부인까지 줄줄이 끌려나올 거라고 카포트는 말했다.

여자들은 메르세데스와 마주치면 거부하지 못했고 그녀가 가는 곳마다 실연의 자취만 남았다. 샴페인과 캐비아는 상대에게 구애하는 작업에 쓰는 소품이었다. 그녀가 유혹하는 여자는 언제나 호기심을 자극하는 유명인이었다. 무용가 이사도라 던컨도 그중 하나로 그녀는 메르세데스의 벗은 몸을 찬양하는 화끈한 시를 쓰기도 했다. 1939년 영화 〈바람과 함께 사라지다〉에서 벨 와틀링 역을 맡은 영화배우 오너 먼슨도 그녀의 상대였다. 오너가 메르세데스에게 보낸 편지를 보면 "내 사랑을 당신에게 퍼부어주고 싶다"는 대목이 나온다. 메르세데스는 "나는 남자 있는 여자라도 얼마든지 빼앗을 수 있다"라고 자랑했는데 그 말은 허풍이 아니었다. 그녀는 심지어 자기가 사귀는 애인들을 양복점에 보내 커플 양복을 맞추게 했고, 그래서 여자들이 바지를 입는 유행에 일조하기도 했다. 또 한번은 파파라치가 메르세데스의 유명한 애인들 중 한 명이 양복점에서 나오는 모습을 찍어서 크게 화제가 되었는데, 그 유명인의 사진이 신문에 나오자 다들 그녀처럼 옷을 입고 다녔다.

메르세데스가 사귀었던 수많은 A급 애인 중에서도 가장 눈에 띄는 인물은 저 유명한 배우 마를렌 디트리히다. 메르세데스가 전에 사귀었던 수많은 여자들처럼 마를렌도 메르세데스에게 집착했다. 둘이 만난 후, 마를렌은 메르세데스에게 꽃을 퍼붓다시피 배달시켰다. 튤립과 장미, 카네이션이 계속 메르세데스의 집에 도착했고 어느 날은 두 번씩 오기도 했다. 100촉이 넘는 희귀한 난초들이 샌프란시스코에서 공수되어 온 적도 있었다. 메르세데스는 "나는 꽃을 밟으며 걷고, 꽃 위로 넘어지고, 꽃 위에서 잤다"고 당시를 회상했다. 결국 그녀는 마를렌에게 그만두라고 말하고는 받은 꽃을 전부 지역 병원에 기증했다. 마를렌은 이 말뜻을 알아듣지 못하고 이제는 꽃 말고 다른 걸 배달시켰다. 꽃병과 스카프, 램프와 잠옷 등 상상할 수 있는 물건은 모조리 보냈으나 메르세데스는 선물을 모두 돌려보냈다. 결국 둘은 이 일을 웃어넘기고서는 9개월간의 불륜 관계를 시작했다.

마를렌은 열렬한 마음을 멈추지 않았다. 케이크, 손수건, 헤어 제품, 단추, 시계 등 선물을 계속 보냈다. 그녀는 메르세데스를 매일 보는 사이였지만 편지를 쓰기도 했다. 게다가 자기의 딸을 메르세데스와 사귀게 하려고 노력하기도 했다. '그렇게 하면' 메르세데스와의 사랑이 영원해질 거라고 확신했다. 물론 메르세데스는 그렇게 되지는 않을 거라 알고 있었지만 그래도 관계를 유지하는 동안에는 마를렌을 '골든 원(Golden One)'이라고 불렀다. 그녀는 마를렌이 "유럽에서는 상대가 여자든 남자든 상관없어. 우리는 끌리는 상대와 사랑을 나누거든"이라고 한 말을 무척 좋아했을 것이다.

여기서 잠깐, 메르세데스는 이렇게 염문을 뿌리고 다니는 시절 내내 결혼한 상태였다. 놀랍겠지만 사실이다. 1920년부터 15년 동안 메르세데스는 화가 에이브럼 풀과 결혼 생활을 유지했다. 물론 그녀는 '미세스 풀'이라는 호칭을 거부했다. 메르세데스의 자매들은 모두 결혼했고 그녀의 어머니도 결혼 부담을 계속 주던 참이라, 그녀는 성을 바꾸지 않겠다는 조건으로 결혼에 승낙했다. 메르세데스와 에이브럼은 친구이자 연인 사이였지만 결국 헤어지고 말았다. 메르세데스가 에이브럼에게 좋아하는 모델을 정부情婦로 삼으라고 권유했기 때문이다. 메르세데스는 남편이 외로워할까 봐 걱정하는 마음에 순수하게 제안한 것이었지만 에이브럼은 그만 마음이 상하고 말았다. 결국 에이브럼은 메르세데스와 이혼하고 그냥 그 모델과 결혼해버렸다. 메르세데스는 다른 사람들과 잤다는 이유로 결혼을 끝내버리는 게 참 우습다고 생각했다.

임자 만났네

그러나 이 모든 관계는 메르세데스의 삶을 지배한 어느 여성과의 관계에 비하면 아무것도 아니었다. 그 여성은 바로 그레타 가르보였다. 이제껏 살아왔던 것과는 정반대로 그레타는 메르세데스가 손을 꼭 잡고 매달린 여인이었다. 그때 둘 중 누가 누구와 어떤 관계든 상관없이 수십 년 동안 그레타가 손짓 한 번만 하면 메르세데스가 당장 달려오곤 했다.

그들은 1931년 할리우드에서 만났다. 당시 메르세데스는 각본 작업을 하러 할리우드에 막 도착한 참이었다. 그레타가 메르세데스의 팔찌를 칭찬하자 메르세데스는 그 자리에서 팔찌를 빼어 그녀에게 주며 이렇게 말했다.

"당신에게 주려고 베를린에서 샀어요."

그때 메르세데스는 몰랐겠지만 그 후로 30년간 그녀는 그레타에게 푹 빠져 지낼 운명이었다.

스웨덴 출신인 그레타 가르보는 태어난 고향만큼이나 쌀쌀맞기로 유명했다. 외부로 드러나는 성격은 진지했고 사생활을 최대한 비밀로 지키며 살았다. 그레타가 미국에 온 지 몇 년 되지 않았을 때 메르세데스가 그녀의 삶에 들어왔다. 메르세데스는 부유한 집안 출신이었기 때문에 그레타가 영어와 매너를 더 잘 구사할 수 있도록 도와줄 수 있었다. 메르세데스는 다른 식으로 그레타를 돕기도 했다. 영화 〈퀸 크리스티나〉에 대사를 추가해 주었으니까(앞에 나왔던 스웨덴의 크리스티나 여왕을 그린 영화 맞다. 1933년 영화에서 그레타는 남자 옷을 입고 우리 크리스티나 여왕님을 연기하며 여자에게 키스했다!). 메르세데스는 얼마 동안 그레타의 따뜻한 면을 볼 수 있었지만 결국 그레타는 얼음장 같은 냉랭한 태도로 돌변하고 말았다.

1960년에 메르세데스가 자서전을 출간하여 모든 걸 털어놓자 그레타는 격노했다. 메르세데스는 돈이 필요했다는 이유로 그레타가 몇 년간 조심스럽게 지켜온 사생활을 다 들추었다. 이제 필사적으로 산더미 같은 선물 공세를 퍼붓는 쪽은 메르세데스가 되었다. 1961년 겨울, 메르세데스는 크리스마스트리를 보냈지만 그레타는 받은 적 없다고 말했다. 트리가 돌아오지 않았다는 걸 좋은 징조로 받아들인 메르세데스는 선물 바구니를 하나 더 보냈다. 그레타는 거기서 보드카 한 병을 빼놓고 나머지는 모두 돌려보냈다.

그다음 해 메르세데스의 건강이 연이어 나빠지는 바람에 집필 활동은 계속해서 고통스럽게 내리막을 걸어만 갔다. 보다 못한 한 친구가 그레타에게 메르세데스를 방문해서 너무 늦기 전에 마무리를 지으라고 말하자 그레타는 할 일이 산더미 같아서 그럴 여유가 없다고 대답했다. 결국 메르세데스는 다시는 그레타를 보지 못하고 자연사하고 말았다. 사랑하는 이에게 보내는 마지막 시에서 메르세데스는 이렇게 썼다.

너와 나. 다른 길은 없어.

세계인권선언의 어머니의 은밀한 사랑

엘리너 루스벨트

Eleanor Roosevelt

1884~1962

대통령 취임식은 엘리너에게 최종 판결이 떨어지는 재판정이나 다름없었다. 엘리너는 루스벨트가 무어라 떠들어대는 자리 뒤에 멍하니 앉아 있었다. 그녀의 남편은 10만여 명의 관중을 모두 사로잡으며 연설을 했지만, 정작 아내의 마음은 잡지 못했다. 지루해진 그녀는 왼손에 낀 사파이어와 다이아몬드 반지를 바라보았다. 히크가 선물로 준 이 반지는 누군가는 나를 사랑하고 있다는 걸 알려주는 증표였다. 비록 그 누군가가 남편은 아닐지라도.

'히크….'

엘리너는 어젯밤으로 다시 돌아가고만 싶었다. 프랭클린의 취임식 연설 초안을 읽으면서 히크와 함께 침실에 있었던 그 순간으로 말이다. 이젠 엘리너가 영부인이 되었으니 예전처럼 함께 있을 시간이나 사적 공간을 찾기 훨씬 힘들어지겠지만… 그래도 어제와 같은 밤을 어떻게든 몰래 보낼 수 있을 방법을 찾아낸다면 이 외로움을 감당하기는 쉬울 것이다.

"우리가 두려워해야 할 것은 단 하나입니다. 바로 두려움 그 자체입니다."

프랭클린은 거대한 연단에 서서 진지하게 말했다.

엘리너는 두려움을 극복하는 방법을 확실히 알고 있었다. 그녀는 1930년대를 살고 있었고 그녀가 사랑하는 히크는 여자였다.

동반자 관계가 변하다

대통령 취임 15년 전, 엘리너가 편지를 발견했을 때 모든 게 변해버렸다.

그 편지는 프랭클린이 엘리너의 비서인 루시 머서에게 보낸 것이었다. 편지의 내용은 루시와 프랭클린의 사이가 '업무적인' 관계만이 아니었다는 걸 보여주었다. 내용을 보면 둘의 사이는 딱 봐도 2년이나 지속되었다.

언제나 초연한 자세를 유지하던 엘리너는 이번에도 차분하게 남편에게 이혼을 제안했다. 하지만 당시는 이혼율이 1퍼센트밖에 되지 않던 시대였고 엘리트 가문인 양가와 정치적 조언자들은 이혼하면 프랭클린이 해군 고위직에서 파면당할 뿐만 아니라 정치적 생명도 끝나버린다는 사실을 지적했다. 프랭클린의 어머니는 아들에게 엘리너와 헤어지고 루시를 택한다면 재정 지원을 끊어버릴 거라고 협박했다. 엘리너와 낳은 다섯 아이를 생각한다면 말할 것도 없었다. 프랭클린은 다시는 루시를 만나지 않겠다고 약속했지만 언제나 그렇듯 지켜지지 않을 수많은 약속 중 하나일 뿐이었다.

엘리너는 결혼 관계를 유지하긴 했지만 부부는 성관계가 없는 비즈니스 커플이 되었다. 어쨌든 엘리너는 평소 섹스를 '참아야 할 고문'이라고 생각했기 때문에 상관없었다. 그녀는 스스로에게 특별히 모성애나 여성성이 있다고 느끼지 않았고 심지어 성적 욕망도 별로 없어 이제부터는 전형적인 아내 역할을 할 필요가 없다고 결론 내렸다. 마치 그녀가 스무 살 때 테드 삼촌(당시 미국 대통령이었던 시어도어 루스벨트)의 손에 이끌려 먼 사촌지간인 프랭클린과 결혼했을 때부터 자신의 의사는 반영되지 않는 자동 조종 인형처럼 살고 있었다. 그러다가 남편과 루시의 불륜 사실을 알게 되자 마침내 엘리너는 각성하게 되었다. 프랭클린의 정치적 포부를 위해 내조해야 한다는 의무감을 떨쳐버리고 이제는 자신의 이익을 추구하기로 마음먹었다.

그때 엘리너와 프랭클린은 뉴욕에서 살았기 때문에 그러네이치 빌리지는 엘리너의 피난처가 되었다. 이 지역은 1920년대 보헤미안 생활 방식이 주류를 이루었고 머지않아 엘리너는 새로운 가족이라 할 만한 이들과 모여 어울리기 시작했다. 바로 정치적 활동을 하는 페미니스트 레즈비언들이었다. 엘리너는 특별히 레즈비언들과 친해져야겠다고 생각한 건 아니었지만, 그녀와 정치적 신념을 공유하는 사람들이었기에 개의치 않고 만남을 지속했다. 그래서 이 퀴어 여성들의 도움으로 자신의 새로운 모습을 발견하는 길을 걷게 되었다.

그중에는 레즈비언 커플이 두 쌍 있었다. 엘리자베스와 에스더, 낸과 매리언이었다. 이들 커플은 기쁜 마음으로 엘리너를 절친한 친구로 받아주었다. 여성들이 투표권을 획득한 지 얼마 되지 않은 상황이었고 엘리너는 정치적으로 활발하게 활동하는 이 여성들과 함께 여성 단체를 조직했다.

엘리너는 낸, 매리언 커플과 함께 루스벨트의 집에서 그리 멀지 않은 뉴욕 북부로 이사했다. 프랭클린은 그들이 새로 이사한 자그마한 오두막을 '밀회 장소'라고 불렀다. 세 여성은 본질적으로 삶의 동반자였다. 낸은 오두막의 가구에 세 사람의 머리글자인 E. N. M.을 새겨놓았고 엘리너는 리넨 천에도 같은 글자를 수놓았다. 엘리너가 이 커플과 로맨틱한 사랑을 했는지 아니면 육체적인 사랑까지도 나누었는지 이 여성들은 한 번도 밝힌 적이 없다. 하지만 모두 분명히 알고 있었다. 그들의 우정은 일반적인 방식보다는 더욱 강렬했다는 것을.

"사랑해. 좋아해"

프랭클린이 본격적으로 대통령 선거운동을 시작할 무렵 엘리너는 이미 40대 후반이었다. 그녀는 남편이 선거에서 이기면 자신에게 손해일 수 있다는 사실을 당연히 두려워했다. 영부인이 되면 페미니스트 활동을 그만둬야 하는 것은 물론 외관상 사생활도 없어져야 하기 때문이다. 심지어 당시에는 집에서 코바늘을 뜨며 얌전히 있지 않고 프랭클린을 위해 선거운동을 하는 것 자체가 여자답지 못하게 정치권에 발을 들여놓는 것이라는 비난도 받았다.

그러던 중에 로레나 히콕이 엘리너의 인생에 들어왔다.

'히크'라는 별명으로 불리던 로레나는 프랭클린 루스벨트의 대통령 선거운동 기간 동안 미래의 영부인을 취재하게 된 전도유망한 AP 통신 기자였다. 담배를 피워대며 워커를 신고 포커를 즐겼던 로레나는 이제껏 여자들만 만나왔다. 두 여자는 죽이 잘 맞았고, 밤늦게까지 이야기를 나누며 끈끈한 사이가 되었다. 로레나의 우선순위는 기삿거리의 영부인이 아니라 엘리너 본인으로 단숨에 바뀌어버렸다. 대중에게 알려지지 않았지만 로레나는 백악관 근처에 방을 얻고 언제든 엘리너의 곁에 있어주었다.

두 여인은 떨어져 있을 때 매일 서로에게 편지를 썼다(1분에 문자를 20개씩 보내는 요즘과는 달리, 당시에 매일 편지를 쓴다는 건 대단한 일이었다). 엘리너는 종종 편지에 프랑스어로 "사랑해. 좋아해(Je t'aime et je t'adore)"라는 사인을 남겼다.

종이에 새긴 마음

몇 년 후 엘리너가 세상을 떠나자 로레나는 보관했던 편지 가운데 수백 통을 태워버렸다. 그녀는 엘리너의 딸인 앤에게 "너희 어머니가 내게 쓴 편지글이 언제나 '신중'했던 건 아니야"라고 말했다. 둘 사이의 서신은 태우고도 남은 분량이 1만 6천 장이었고 히크가 죽은 뒤 10년째 되던 해인 1978년 그녀의 요청대로 세상에 출간되었다.

1933년 3월 9일(엘리너가 히크에게)

"내 사진은 거의 다 올라갔어. 깨어 있는 시간에는 언제나 널 볼 수 있도록 네 사진을 거실에 두었지! 너한테 직접 키스할 수 없어서 대신 매일 아침과 밤마다 네 사진에 키스하고 있어!"

1934년 1월 22일(히크가 엘리너에게)

"내 사랑, 아름다운 주말이었어. 이 추억을 간직하고 오랫동안 떠올릴 거야. 우리가 이렇게 함께 있을 때마다 더 가까워지는 것 같지 않아?"

1934년 1월 27일(엘리너가 히크에게)

"어휴, 내가 너한테 말하지 못할 게 뭐가 있겠어? 들어봐. 아, 내 사랑. 그건 다 사소한 거야. 네 목소리 톤이라든가, 네 머리카락 느낌이라든가, 손짓 같은 거. 내가 너무나 그리워하는 게 그런 거야."

1934년 4월 19일(히크가 엘리너에게)

"이런. 일요일 밤마다 네 옆에 있는 게 나라면 얼마나 좋을까. 그러면 널 두 팔로 품에 꼭 안아줄 텐데. 뭐, 그래도 내가 5월에 너한테 가면 매순간 널 행복하게 만들어줄게."

1935년 5월 2일 (엘리너가히크에게)

"내가 굳건히 버텨야 한다는 거 알아. 난 절대로 다 터놓고 이야기하지 않을 거야. 내가 어떤 기분인지 프랭클린에게 절대로 말하지 않을 거야."

이 편지들을 보면 엘리너와 히크가 언젠가 둘만의 장소를 갖고 싶다는 꿈을 꾸었고 처음부터 우스울 정도로 서로에게 빠져들었다는 사실을 알 수 있다. 두 사람은 비밀 경호원을 붙이지 않고 자동차 여행을 떠난 적도 있었다. 이때 엘리너는 신변 보호를 위해 총을 소지하고 가겠다고 약속했다(그녀는 트렁크 밑에 장전되지 않은 총을 두었다).

또 다른 동반자 관계도 변하다

로레나는 엘리너에게 전에 없던 영부인의 역할을 만들어보라고 격려했다. 로레나의 제안에 따라 엘리너는 매주 여성 기자만 참석하는 기자회견을 열었다(프랭클린 루스벨트 대통령의 기자회견에는 남자만 들어갈 수 있었다). 또 정책 연속물인 특약 칼럼(syndicated column)을 매일 쓰기 시작했다. 둘 다 이전의 영부인들은 하지 않았던 일이다.

시간이 지나면서 프랭클린이 엄청난 대통령이라는 사실이 계속 입증되자 두 여인은 싸우기 시작했다. 연애기간 동안 걸렸던 로맨스의 마법은 사라지고 더 이상 영부인에 대한 객관적인 보도를 할 수 없게 된 로레인은 AP 통신 기자직을 사임했다. 로레인의 경력과 재정 상황이 점점 나빠지는 동안, 엘리너는 영부인 집무실을 통해 어엿한 정치 세력으로 본인의 이름을 날리고 있었다. 로레인에게 엘리너는 가장 중요한 사람이었지만 엘리너에게 로레인은 그저 복잡하고도 충만한 삶의 한 단면일 뿐이었다. 앞으로 몇 년 안에 엘리너는 유엔의 사절이자 최초로 「세계인권선언」을 만든 사람 중 하나로 세계적인 외교가가 될 운명이었으니까.

엘리너는 히크에게 란제리나 말린 장미 같은 선물을 보내 기분을 풀어주려 했지만 별로 소용이 없었다. 히크가 정말 원하는 건 돈이었다. 결국 그녀는 엘리너에게 재정적으로 완전히 의존하는 상태가 되었다. 엘리너는 돈과 음식, 헌 옷 등을 보냈고, 심지어 이런 지원은 로레나가 새로운 여성을 파트너로 삼아 이사를 간 뒤에도 이어졌다.

엘리너와 로레나는 30년 동안 지속적으로 서로에게 편지를 썼고 항상 "온 맘 다해 사랑해"라는 문구로 편지를 끝맺었다. 유일하게 두려워해야 하는 건 두려움 그 자체일 뿐이라는 말로 유명한 사람은 루스벨트 대통령이지만, 진실로 두려움 없는 사랑을 보여준 사람은 바로 영부인 엘리너과 그의 파트너 히크였다. 이들의 사랑 때문에 모든 게 바뀌었으니까 말이다.

킹 목사의 오른팔에서 퀴어 운동가로

베이어드 러스틴

Bayard Rustin

1912~1987

켄터키는 숨막힐 정도로 더웠다. 베이어드는 루이빌~내슈빌 버스에 올라 빨간 넥타이를 풀었다. 베이어드가 티켓을 더듬어 찾는 동안, 앞좌석에 있던 백인 아이가 어머니의 무릎에 앉은 채 그에게 손을 뻗었다. 빨간 넥타이가 움직이는 장난감처럼 보여서 갖고 놀고 싶었던 모양이다. 어머니는 아이의 손을 찰싹 때리며 베이어드를 건드리지 말라고 하면서 인종차별적인 말로 그를 지칭했다. 아이 어머니의 말이 세차게 베이어드의 마음을 때렸다.

북부 출신인 베이어드는 남부를 여행하면서 공공연하게 마주치는 편협한 태도에 익숙하지 않았다. 충격과 슬픔에 사로잡힌 그는 버스 뒷좌석으로 가서 흑인에게 배정된 자리에 앉았다.

베이어드는 버스 옆좌석에 앉아 있던 흑인 부부에게 이렇게 물었다.

"저 아이가 어머니에게 잘못된 교육을 받는 걸 우리가 언제까지 두고 봐야 합니까?"

흑인 부부는 베이어드의 말을 무시했다. 하지만 베이어드는 자신의 내면에서 우러나오는 목소리를 무시하지 않았다. 그가 경험한 것은 잘못

된 일이었다. 짐 크로법(공공장소에서 흑인과 백인을 분리하도록 명시한 미국의 법—옮긴이) 때문에 자신이 버스 뒷좌석에 앉는 일을 더 이상 두고 보지 않겠다고 결심했다. 그 일을 시작할 시간은 다름 아닌 지금이었다.

베이어드는 일어나 버스 앞좌석으로 가서 백인 전용 구역에 앉았다. 운전기사는 정차할 때마다 그에게 뒤로 가라 말했지만 베이어드는 훗날 이때를 회상하며 말했다.

"나의 양심상 불공정한 법을 따를 수가 없었습니다."

결국 운전기사는 경찰을 불렀다.

경찰 네 명이 내슈빌에서 북쪽으로 약 20킬로미터 벗어나 있던 버스에 올라탔다. 그래도 베이어드가 일어나기를 거부하자 주먹이 날아왔다. 경찰들은 승객들이 보는 앞에서 네 자리는 여기가 아니라며 베이어드를 구타했다.

경찰차 뒷좌석에서 내린 베이어드는 경찰서에 들어가는 길에 두 줄로 도열한 경찰관들 사이를 지나가야만 했다. 그 사이를 지나면서 베이어드는 이리저리 밀쳐지고 옷이 찢기며 온몸에 멍이 들었다. 그런데 베이어드는 이제껏 경찰이 본 적 없는 대응을 했다. 아무런 저항도 하지 않은 것이다.

베이어드는 비폭력 불복종을 실행하고 있었다. 밀쳐지고 얻어맞으면서도 무력으로 대응하기를 거부하며 폭력에 폭력으로 맞서지 않을 거라고 설명하기까지 했다.

차분하게 비폭력으로 반항하는 그에게 경찰 하나가 소리쳤다.

"깜둥아, 여기 왔으면 겁을 먹어야 할 거 아니야!"

하지만 베이어드는 속이야 어떻든 겉으로는 전혀 겁먹은 모습을 보이지 않았다.

미국의 간디

베이어드는 늘 긍정적인 사람이었다. 인생이 자신의 물잔을 계속 넘어뜨린다 해도 자신의 잔에는 아직 물이 반이나 차있다고 생각하며 희망을 가졌다. 평화와 정의라는 대의명분을 사랑한 베이어드는 인생을 바쳐 이 세상을 조금씩 평화와 정의로 채우려고 노력했다. 남자를 사랑하는 흑인 남자라는 정체성을 가진 그는 살아가면서 차별이란 것이 무엇인지 너무 잘 알았다. 그래서 타인을 위해 세상을 바꾸기로 결심했다.

버스 사건을 겪고 6년이 지난 1948년, 베이어드는 인도로 가서 간디의 비폭력주의를 연구했다. 그는 비폭력주의야말로 미국의 흑인 인권 운동이 나아갈 길이라고 확신했다. 하지만 전미유색인지위향상협회(NAACP)에서는 그런 전략이 약하다고 생각했기 때문에 먹혀들지 않았다. 하지만 협회의 지원을 받지 않고서도 베이어드는 비폭력 저항이라는 전술을 계속 수행했다. 시민 불복종 운동 때문에 정기적으로 체포되었지만 저항을 그만두지 않았다. 전미유색인지위향상협회가 동의하지 않아도, 다른 사람들이 함께해주지 않아도 상관없었다. 그는 무슨 일이 있어도 자신이 옳다고 생각하는 일을 해나갔다.

물론 법적으로 자신의 정체성이 본질적으로 부도덕하다는 판결을 받는다면 자신의 도덕적 양심을 따르는 게 어려울 수도 있다. 베이어드는 자동차 뒷좌석에서 남자와 성관계를 한 혐의로 패서디나에서 체포되었다. 그는 '성적 변태' 행위를 저지른 죄목을 인정하고 두 달을 감옥에 갇혔다. 출소 후에는 그의 직장이었던 종교 간 평화 단체 '펠로십 오브 리컨실리에이션(Fellowship of Reconciliation)'에서 해고되었다. 베이어드가 유색인종의 민권을 위해 열심히 일했지만 아무도 그의 편을 들어주지는 않는 듯했다.

베이어드는 어릴 때부터 자신이 남자에게 끌린다는 사실을 알았고 그 사실을 숨기지도 않았다. 그는 정치적 견해부터 개인적 관계에 이르기까지 모든 면에서 철저하게 스스로의 정체성에 충실했다. 두 달의 형기를 마친 베이어드를 상담한 교도소 정신과 의사는 다음과 같이 최종 소견을 냈다.

> 내가 보기에 이 남자는 확실한 동성애자다. 그는 자만심이 극에 달했고 성격에 동성애적 특징이 너무 깊이 배어서 이 두 가지 점이 모두 작용함에 따라 앞으로도 동성애 행위를 제어할 수 없을 것으로 보인다.

베이어드는 두 번 정도 파트너와 오랫동안 사귄 적이 있었지만 자신은 서로 충실하고 헌신적인 관계보다는 섹스만 하는 편을 더 선호한다고 말했다. 파트너에게 쏟을 시간이 없었기 때문이다. 그는 이미 대의명분과 결혼한 몸이었으니까.

마침내 자유

베이어드는 결국 민권운동을 조직하는 만족스러운 일로 되돌아갔고 마틴 루터 킹 주니어 목사의 조언자가 되었다. 그는 킹 목사가 비폭력 운동을 하도록 열정적으로 설득했다. 킹 목사는 자신의 가정을 보호하는 무장 경호원을 포기해야 했다(당시 마틴 루터 킹이 받고 있던 협박을 생각하면 무장 경호원을 두는 건 이해할 만한 일이었다). 베이어드는 그에게 총을 버리라고 설득했다. 비폭력은 말 그대로 비폭력이어야 한다. 타협은 없어야 했다.

과거 캘리포니아에서 동성애 죄목으로 체포된 일이 커다란 흠이 되었지만 베이어드는 그래도 일생일대의 가장 중요한 프로젝트를 조직할 지도자로 선정되었다. 바로 1963년 직업과 자유를 위한 워싱턴 행진(March on Washington for Jobs and Freedom)을 준비하는 일이었다. 인터넷이 없던 당시에 이토록 많은 사람을 한꺼번에 모이도록 이끈 건 대단히 놀라운 업적이었다. 하지만 정작 그날, 1963년 8월 28일이 될 때까지 그 누구도 이 행진이 어떻게 될지 몰랐다. 베이어드조차도 얼마나 많은 사람이 올지 확실히 알 수 없었으니까. 당일 아침, 처음에 몇백 명의 사람들이 조금씩 도착했을 때, 기자들은 베이어드에게 온다고 한 수많은 군중은 도대체 어디에 있냐고 물었다. 베이어드는 조심스럽게 서류 한 장을 살펴보며 모든 게 다 계획대로 되고 있는 중이라 대답했다. 하지만 그 서류는 사실 백지였다. 그는 허세를 부렸던 것이다. 올 것이라고 생각한 수천 명의 군중이 나타나지 않아서 속으로는 무척 겁을 먹고 있었다.

알고 보니 그런 걱정은 기우였다.

수천 명 정도를 예상했는데 실제로 행진에 참가한 군중은 무려 25만 명이었다. 게다가 엄청나게 모여든 인파로 인종 간의 긴장감은 대단했지만, 베이어드가 바라던 대로 집회 분위기는 평화적으로 유지되었다. 링컨 기념관에 선 마틴 루터 킹은 저 유명한 '나는 꿈이 있습니다(I Have a Dream)' 연설을 하고, 학교의 인종 분리 정책을 종식하는 입법안을 포함한 이 행진의 요구 사항을 군중에게 직접 읽어주었다. 그동안 베이어드는 킹 목사의 바로 뒤에 서있었다. 그로부터 채 1년도 지나지 않아 1964년 민권법이 제정되었다.

마침내 베이어드는 인정을 받았다. 그는 「타임」지와 「뉴스위크」지에 등장했고 국제적인 저명인사가 되었다. 또한 미국 정부의 자문위원이 되었을 뿐 아니라 중동에서 아프리카에 이르기까지 전 세계적으로 평화와 사회 정의를 위해 활동했다.

결국, 사랑을 얻다

65세가 된 베이어드는 이상주의자인 월터 네이글을 만났다. 두 남자의 관계는 둘 다 처음으로 겪는 진지한 로맨스였다. 두 사람은 뉴욕에 정착했고 베이어드가 마지막 10년을 보내고 사망하기까지 함께 살았다. 월터는 베이어드에게 평생 민권을 위해 싸운 경험을 토대로 퀴어 운동을 해보라고 격려했다.

월터는 베이어드보다 38년 연하였고 당시는 동성 결혼을 꿈도 꿀 수 없는 시기였다. 두 사람이 서로의 관계를 보호하고 베이어드가 사망한 후에는 그 집을 월터가 상속받도록 보장할 방법이 없었다. 그래서 두 사람은 법적인 구속력을 만들기 위해 다른 동성 커플들이 하는 대로 따라 했다. 바로 베이어드가 월터를 아들로 입양한 것이다. 이상하게 들리겠지만 동성 결혼이 법제화되기 전에는 결혼하고 가족이 된 부부들이 서로에게 유산을 남길 수 있는 권리를 동성 커플은 가질 수 없었다. 그러니 어떻게든 법을 우회할 방법은 입양밖에 없었다. 하지만 이러한 합법적인 입양 제도조차도 베이어드의 인생 마지막 순간에는 도움이 되지 않았다. 월터에게는 사랑하는 사람의 병실에 들어가는 게 거부되었으니까.

베이어드는 1987년 사망해 이후 퀴어의 권리가 놀라울 정도로 진보한 상황을 볼 수 없었지만 월터는 베이어드를 대신해 그 과정을 생생히 바라보았다. 월터는 고인이 된 파트너를 추억하며 이렇게 말했다.

"흑인이자 동성애자로, 이에 더해 정치적 급진주의자로 산다는 건 너무나 불안한 삶입니다. 핼리 혜성처럼 참 드물게 나타나는 현상이 아닐까요. 베이어드의 삶은 복잡했지만 한편으로는 그렇기에 훨씬 더 흥미로웠을 거라 생각합니다."

무지개 사과의 비극적 영웅

앨런 튜링

Alan Turing

1912~1954

어쩌다 일이 이렇게 꼬였을까?

3주 전, 앨런은 경찰에 강도를 당했다고 신고했다. 자기 집에서 범죄의 희생자가 된 건 바로 '자신'이었다. 하지만 짧은 수사가 끝나자 형사들은 재빨리 결론을 내렸다. 잡아들여야 하는 범죄자는 바로 앨런이라고. 앨런이 마지막으로 집에 들였던 사람은 아널드라는 남자였는데 앨런은 아널드가 집에 방문한 이유가 업무상 용무가 아니었다고 했다. 음, 그러니까 다시 말해서 '플라토닉'에 해당하는 게 아니었음을 시인했다. 1950년대 영국에서 남자들끼리 섹스를 한다고? 그건 불법이었다. 너무나 심한 불법이라서 2년 이하의 징역감이었다.

일단 앨런이 "형법 제11조에 반하는 심한 음란 행위를 저질렀다"는 것을 알아낸 경찰은 강도 사건 조사를 중단하고 더 큰 범죄를 기소하기로 정했다. 바로 앨런의 동성애였다. 경찰이 아널드와의 관계가 진짜로 무엇이냐고 앨런에게 대놓고 묻자 그는 모든 걸 털어놓았다. 경찰은 그가 아무런 수치심이 없다는 것에 더 충격을 받았다. 윌리스 형사는 이렇게 말했다.

"그는 정말로 생각이 다른 사람이었다. 자기가 올바른 일을 하고 있는 거라고 진짜로 믿었다."

과학에 대한 사랑 말고… 다른 사랑도 있었다

앨런은 1952년 체포되기 전까지 영국에서 상대적으로 공공연하게 자신의 성적 취향을 드러내며 살던 게이였다. 그리고 그렇게 사는 건 위험을 감수해야 했다. 그는 자신의 성향을 부끄러워하지 않았다. 하지만 수학자로 정말 탁월한 역량을 보인 그이지만 경찰이 '음란'을 자백한 그를 얼마나 심각하게 받아들이게 될지는 말도 안 되게 과소평가했다.

어린 나이부터 앨런은 자신의 매력을 익숙하게 여겼기 때문에 스스로의 성적 취향이 별것 아니라고 여겼을지도 모른다. 그는 고등학교 때 크리스토퍼 모컴이라는 남자에게 푹 빠져 지냈다. 두 사람은 천체 관측과 화학 실험을 바탕으로 한 괴짜 연애 관계였고 둘 다 수학과 과학을 무척 좋아했다. 그런데 앨런이 열일곱 살 때, 크리스토퍼가 결핵에 걸려 갑자기 세상을 떠나고 말았다. 떠나보낸 첫사랑에 대한 일종의 헌신으로 앨런은 과학, 기술, 공학과 수학 공부에 전념했다. 수학과 과학은 그의 평생에 유일하게 남은 진실한 사랑이었다.

시간이 흐르면서 앨런은 인간의 정신을 담을 수 있는 기계를 만들 방법이 있을까 골몰하기 시작했다. 그건 비록 크리스토퍼의 몸이 사라졌을지라도 그를 되찾을 방법인 듯했다. 어느새 자기도 모르게 앨런은 인공

지능과 컴퓨터 이론과학 분야에서 획기적인 논문을 발표하고 있었다. 심지어 외국에 나가서 프린스턴 대학의 박사학위를 받았다. 앨런과 함께 공부하고 일하던 동료들은 자기들 사이에 (비록 좀 이상하고 낯설긴 하지만) 천재가 있다는 사실을 깨달았다. 앨런의 심장은 크리스토퍼가 세상을 떠난 후로 굳어버렸지만 그의 두뇌는 결코 멈추는 일이 없었던 것이다.

기계 대 기계

앨런이 살던 시대에 '컴퓨터'라는 건 말 그대로 계산을 통해 수학 문제를 푸는 사람을 가리키는 직함이었다. 앨런은 수학뿐만 아니라 끝없이 다양한 일을 처리할 수 있는, 그러니까 말 그대로 뭐든지 계산해 내는 기계가 가능할 거라고 믿었다. 그가 낸 '만능 기계'라는 아이디어는 오늘날 우리가 아는 컴퓨터의 기초가 될 것이었지만, 1930년대에는 급진적인 생각이었다. 그 주제를 다룬 논문은 호평을 받은 반면, 만능 기계라는 것은 시간 여행만큼이나 이론에 불과한 것이라 여겨졌다.

앨런은 미래에 대한 이론을 세우면서 일생을 보낼 운명이 아니었다. 전쟁의 기운이 불길하게 다가오는 가운데, 앨런은 영국 정부에 차출되어 그의 두뇌는 다른 목적으로 쓰였다. 1939년, 영국이 독일에 선전포고 하기 하루 전날, 그는 정부의 암호 해독 업무 담당 본부인 블레칠리 파크로 갔다. 그곳에서 만난 다른 암호 분석가들과는 서로 잘 지냈다. 물론 그들은 앨런이 좀 특이하다고는 생각했다. 꽃가루로부터 몸을 보호하기 위해 자전거를 타면서 방독면을 쓰는 등의 행동을 했기 때문이다. 그는 언제나 방금 침대에서 굴러떨어진 것 같은 모습이었고 어디나 뛰어다니는 우스운 습관도 있었다. 심지어 블레칠리에서 런던까지 (무려 80킬로미터가 넘는 거리를) 달려서 이동하기도 했다. 결국 달리기는 확실히 취미를 넘어서는 것이 되었고 1952년 올림픽 마라톤 참가 자격을 얻었다.

블레칠리에서 근무했을 당시 앨런은 자신의 성적 정체성을 비밀에 부치지 않았지만 아무도 그걸 큰 문제라고 생각하지는 않아 보였다. 그는 근무하는 동안 두어 명의 남자에게 치근덕거리기는 했지만 아무도 관심을 보이지 않았다. 다행스럽게도 사람들은 모두들 앨런의 사생활보다는 그의 아이디어에 더 집중했기 때문이었다. 영국인들은 앨런과 그의 팀이 불가능한 일을 가능하게 만들어주기를 바랐다. 바로 나치가 독일 잠수함(U보트)을 언제 어디로 보낼지 교신할 때 사용하는 이니그마 암호를 푸는 것이었다. 나치의 잠수함은 무서운 속도로 연합군의 해군 함정들을 격파시키는 중이었다. 이 잠수함들은 물속에서 거의 탐지되지 않았고, 독일의 어뢰는 수백 척의 연합군 함정을 침몰시켰다.

블레칠리 파크의 다른 사람들은 앨런이 내놓은 '만능 기계' 아이디어에 회의적이었지만, 몇 달간의 시행착오를 거쳐 '봄브(Bombe)'라는 이름의 컴퓨터는 결국 이니그마 암호를 해독해냈다. 그런데 그 속도가 너무나 느려서 문제였다. 처음에는 전송문을 번역하는 데만 몇 주가 걸렸다. 그래서 앨런이 암호를 해독했을 때는 이미 배가 오래전에 침몰해 버린 뒤였다. 하지만 앨런은 끈질기게 연구했고, 암호 해독에 걸리는 시간을 점차 몇 주에서 며칠 간격으로 줄여나가다가 결국 1941년 5월의 어느 날, 바로 그가 블레칠리 파크에 온 지 1년 8개월 만에 팀원들은 독일이 보낸 암호를 거의 실시간으로 해독해내기 시작했다. 그리하여 1941년 하반기 동안 독일 잠수함 공격은 그해 상반기에 했던 공격보다 절반이나 무력화되었고 앨런은 천재성을 발휘하여 수많은 목숨을 구했다.

앨런은 1941년에 암호 해독 분야에서는 아주 대단한 승리를 거두었지만 로맨스 분야에서는 성공을 거의 거두지 못했다. 그해 그는 크리스토퍼 이후 처음으로 단 한 번 진지한 관계를 가져 보려 했다. 동료인 존 클라크에게 청혼한 것이다. 그녀는 청혼을 승낙했다. 그러자 앨런은 그녀에게 자신의 '동성애적 경향'에 대해서 털어놓았다. 그녀는 그 사실을 받아들였고 계속 약혼 관계를 유지했다. 그러나 앨런은 결국 파혼을 했다. 자신에게나 존에게 엉터리 같은 결혼 생활을 차마 강요할 수 없었기 때문이다.

투명인간

남은 전쟁 기간 동안 암호 해독은 더욱 많이 이루어졌고 앨런은 그 과정에서 지치지 않고 일했다. 하지만 제2차 세계대전 승리에 일조한 앨런의 공헌은 1952년 강도 사건의 죄목으로 인해 사라져버렸다. 그의 죄목이 자신의 성적 취향이 드러나는 '엄청난 음란 행위'였기 때문이다. 범죄자가 되면서 그는 공무원이 받아야 할 기밀 정보 취급 인가를 받을 수 없게 되었고, 따라서 다시는 정부 기관에서 암호 해독을 할 수가 없었다.

법원 판결에 따라 앨런은 감옥에 가든지 화학적 거세를 받든지 둘 중 하나를 택해야 했다. 할 수 있는 한 계속 일하고 싶었던 그는 후자를 선택했다. 화학적 거세형에는 성욕을 둔화시켜서 그의 성적 취향을 '치료' 하려는 목적으로 1년 동안 강제로 에스트로겐을 투여한다는 항목이 포함되었다. 그 치료 때문에 앨런은 발기불능이 되고 젖가슴이 커졌지만 그렇다고 남자를 좋아하는 성향이 바뀌지는 않았다.

이제껏 쌓아온 경력이 엉망이 되고 평생의 대업은 좌절된 채, 앨런은 1954년 청산가리를 먹고 자살했다(일부 사람들은 그의 죽음이 우연히 일어난 거라고 여기기도 한다). 앨런이 했던 암호 해독 작업은 일급 기밀이었기 때문에 블레칠리 관련 기록이 기밀 해제될 때까지 전쟁의 승리에 기여한 그의 공로는 공개적으로 인정받지 못했다. 2013년 엘리자베스 여왕은 공식적으로 그의 '범죄'를 사면했지만, 영국의 위대한 지성에게 내려진 사면은 늦은 감이 없지 않다.

동성애로 끌려간 나치 수용소의 생존자

요제프 코호우트

Josef Kohout

1915~1994

강제수용소에서 지내는 요제프는 하루하루가 악몽 같았다. 특히 오늘은 더욱 심한 날이 될 것 같았다. 조금 전 요제프는 휴게실에서 동성애 혐오자인 수용소장과 부딪칠 뻔했는데 소장은 요제프가 자신을 쳤다고 맹렬하게 비난했다. 요제프는 어떤 벌을 받게 되었을까? 바로 나무에 매달리는 벌이었다. 그건 수용소에 갇힌 죄수들이 받는 가혹행위 중 가장 끔찍한 형벌로, 사람의 손을 등 뒤로 묶은 다음 장대 끝에 달린 갈고리에 묶어두는 형태였다. 자신의 체중이 어깨에 그대로 걸려 당하는 사람은 지독하게 아플 수밖에 없다. 양손을 뒤로 묶인 채 막사에 갇혀있는 요제프의 머릿속은 공포로 인해 정신이 없었다.

요제프가 막 장대에 매달리려는 순간, 수용소 직원 하나가 다가와서 형 집행자의 귓가에 무어라 속삭였다.

그러자 모든 절차가 멈췄다. 요제프의 손을 묶은 밧줄이 끊어지고 그는 가도 좋다는 말을 들었다. 여전히 덜덜 떠는 채로 자리를 떠나는 요제프는 감사한 마음이었다. 자신과 사귀었던 사이라는 게 어느 정도 알려진 옛 연인이 힘을 써서 그를 구해주었으니까.

게슈타포에게 붙잡히다

화목한 천주교 가정에서 태어난 요제프는 제2차 세계대전이 발발하기 전까지 빈에서 행복하게 살았다. 그는 열아홉 살 때 어머니에게 커밍아웃을 했다. 그러자 어머니는 이렇게 대답했다.

"이건 네 인생이니 네 뜻대로 살아야 해. 어쨌든 나는 네가 이럴 거라 오랫동안 의심해 왔어. 절망할 필요 전혀 없어. 무슨 일이 있어도 너는 내 아들이란다."

이렇듯 애정 가득하고 포용적인 태도를 보여주는 가족이 있었기에 요제프는 자신의 성향대로 사는 걸 결코 두려워하지 않았다.

그래서 1933년 히틀러가 독일 총리로 지명되고 나서도 요제프는 자신이 두려워할 건 없다고 여전히 생각했다. 그래서 어느 날 게슈타포가 집에 나타나 본부로 오라고 했을 때도 그저 어리둥절했었다. 대학에 무슨 일이 생긴 건가? 학생들은 언제나 다양한 시위와 저항 활동을 하며 게슈타포와 마찰을 빚었다. 그러나 스물두 살의 요제프가 게슈타포 본부에 도착했을 때 거기 있던 사람은 그에게 대놓고 물었다.

"당신 비정상적인 동성애자지, 인정하나?"

그 비난에 충격을 받은 요제프는 아니라고 답했다(동성애자가 아니라서가 아니었다. 다만 그의 성격이 신중했기 때문이다. 적어도 그때는 부정해야 한다고 생각했었다). 하지만 게슈타포는 증거가 있었다. 바로 요제프와 남자친구 프레트의 사진이었다. 사진 속 두 사람은 서로의 어깨에 팔을 두른 채로 카메라를 보며 친구처럼 웃고 있었다. 하지만 1938년 크리스마스 때 찍은 그 사진의 뒷면에는 "영원한 사랑과 깊은 애정을 담아"라는 말이 요제프의 필체로 적혀있었기에 운명이 결정되고 말았다.

요제프는 "다른 남성과 음란하고 음탕한 행위를 저지르거나 스스로를 그러한 음란하고 음탕한 행위로 남용되게 허락하는 남성은 금고형에 처한다"라고 명시한 독일 형법 제175조를 위반한 혐의로 체포되어 재빠르게 유죄판결을 받았다. 제175조를 위반했다고 기소당한 다른 사람들처럼 요제프도 '175조 위반자'라는 낙인이 찍혔다. 그 후로 6년 동안 그는 집에 돌아가지 못했다.

작센하우젠 수용소

강제수용소에서는 수감된 죄수들의 인간성을 말살하기 위해 각 개인의 죄목에 해당하는 번호를 문신으로 새기고 색깔별로 배지를 달았다. 예를 들어 유대인의 배지는 노란 별이었고 동성애자 배지는 분홍색 삼각형이었다.

요제프는 오라니엔부르크에 있는 작센하우젠 수용소의 분홍색 삼각형 막사로 보내졌다. 그곳은 다른 막사들과 규칙이 달랐다. 거기 수감된 남자들은 성적 일탈을 저지른 사람 취급을 받았기 때문에 성적 행동이 벌어지지 않게 하려고 밤에 불을 켠 상태에서 이불 위에 손을 내놓고 자야 했다. 그리고 아무도 다른 막사 근처로 갈 수가 없었다. 수용소 생활을 잠깐 엿보자면, 그들은 일주일 중 엿새 동안 맨손으로 삽질하여 길 한 쪽에서 다른 쪽으로 눈을 치웠다. 수용소 입구에는 "노동이 자유케 하리라"라는 표어가 적혀 있었다.

그 후 자신의 작업반을 따라 요세프는 '죽음의 구덩이'라고 알려진 곳에 배정받았다. 그곳에서는 흙이 가득 든 바퀴 수레를 가파른 경사면을 따라 밀어 올려 구덩이 밖으로 내보내는 작업이 이루어졌다. 수감자들은 너무 굶주리고 약한 상태라 언덕을 오르다가 쓰러지는 사람이 매일 몇 명씩 나왔다. 그러면 수레가 뒤로 굴러 그들을 뭉개고 그 아래 있는 사람들에게로 떨어졌기 때문에 죽음의 구덩이라는 이름이 붙었다.

어떻게든 살아남으려고 노력했던 요제프는 식량 배급을 추가로 받아 살 수 있는 길을 찾아냈다. 거기에는 같은 수감자면서도 다른 수감자들을 감독하는 '카포(Kapo)'라는 존재가 있었다. 어느 카포 하나가 요제프에게 식량 배급에 특혜를 주고 성적인 대가를 제안했다. 당시 수용소의 권력층에서는 남자에게 '긴급 배출구'가 있어야 할 거라는 생각이 지배적이었다. 수용소에서는 여자를 구할 수가 없기 때문에 평소에는 안 되지만 지금은 긴급 상황이니까 여기서만은 게이를 쓸모 있게 이용하는 게 상관없었다. 만약 사랑이 수반된 행위였다면 이런 행동은 아마도 동성애라는 불결한 죄악으로 마법처럼 변해버릴 터였지만 사랑 같은 건 없었으니 괜찮았다. 요제프는 이런 상황에서 아무나와 성행위를 해야 한다는 생각에 역겨웠지만 살아남기 위해서는 어쩔 수가 없었다.

'카포'와 몇 주간의 관계를 거친 후 요제프는 수감자들이 정기적으로 막사를 옮긴다는 규칙에 따라 다른 수용소로 옮겨졌다. 요제프가 애써 얻어낸 안전이 이번 이동으로 완전히 사라져버릴 위기에 처했다.

플로센뷔르크 수용소

그 후 5년 동안을 요제프는 플로센뷔르크 수용소에서 보냈다. 그곳에서는 믿을 수 없는 일들이 일어났다. 수감자들의 시체가 크리스마스 '장식'으로 트리에 달려 있었다. 벌거벗은 남자들이 채찍으로 맞아 죽는 걸 보며 교도관은 자위를 했다. 나치의 동성애 교화 시도의 일환으로 수감자들은 유대인과 집시 여자들이 가득한 사창가로 강제 견학을 갔다. 어느 시점이 되자 수용소에는 '제거' 표시가 된 새로운 수감자들이 너무 많이 몰려와서 총살장의 배수구가 핏물로 넘쳐흘렀고, 그 지역의 연못을 새빨갛게 물들일 지경이었다.

여기서도 요제프는 섹스를 대가로 자신을 돌봐줄 사람을 간신히 찾아내었다. 요제프가 수용소에 온 첫날, 나치 친위대 병장 하나가 그에게 다가오더니 이렇게 물었다.

"나랑 갈까?"

요제프는 그게 무슨 뜻인지 금방 알아채고 승낙했다. 병장은 요제프가 얻어맞지 않게 보호해주었고, 추가로 음식을 구해주고 안전한 작업반에 넣어주었다. 중노동을 하는 게 가스실로 끌려가는 것만큼이나 죽을 확률

이 높은 세상이었으니 안전한 작업반이라는 '특전'이야말로 어쩌면 가장 중요한 것이었으리라.

플로센뷔르크에 있는 동안, 미남이었던 요제프를 두고 여러 명의 카포들끼리 싸움을 벌이기도 했다. 심지어 헝가리 집시인 카포 하나는 요제프를 독차지하기 위해 경쟁자들에게 돈을 주기도 했다. 요제프는 나중에 이 카포들 중 몇 명을 좋아하는 수준까지 이르렀고 그들은 요제프가 고문당하지 않도록 구해주었다. 수용소의 삶은 여전히 잔인하리만큼 힘들고 위험하고 끔찍했지만 요제프는 언제나 자신보다 남들이 훨씬 더 심한 고통을 겪는다는 사실을 잘 알았다.

해방

플로센뷔르크에 있는 동안 요제프는 다른 175조 위반자들이 성취하지 못한 업적을 이루어냈다. 그가 직접 '카포'가 된 것이다. 그는 나치의 전쟁용 비행기를 만드는 작업반의 반장이 되었다. 요제프는 낮 동안 스무 명 넘는 수감자들의 지휘를 맡았는데, 대부분 요제프처럼 권력자와 '관계'를 가진 젊은이들이었다. 그들은 모두 언어가 달랐기 때문에 요제프는 모두가 그날 할당된 작업량을 끝내서 벌을 받지 않게 할 묘수가 필요했다. 해결책은 무엇이었을까? 바로 부품에 이름 대신 번호를 붙이는 것이었다. 그 방법은 통했다! 그래서 요제프의 작업반은 언제나 여유 있게 작업을 끝냈다. 그리고 요제프가 '카포'로서 신뢰를 받았기 때문에 그의 작업반은 감시받지 않고 '자유'시간을 누릴 수 있었다. 휴식과 회복 시간이란 수용소에서는 전례가 없을 만한 사치였고 요제프와 부하들은 휴식 시간 덕분에 목숨을 구했다. 요제프의 작업반 사람들은 그의 감독을 받는 동안 모두 살아남았다.

마침내 1945년 자유의 날이 왔다. 요제프는 빈으로 돌아가 어머니와 재회했다. 그리고 아버지가 전쟁 중에 "신이여 우리 아들을 구해주소서!"라는 유서를 남기고 자살했다는 걸 알게 되었다.

요제프는 대학에 복학하려 했지만, 수용소에서 겪었던 기억이 강의 시간에도 자꾸만 스멀스멀 떠올랐다. 그렇게 6년을 보낸 다음 정상적인 생활로 돌아간다는 건 현실적이지 못했다. 1971년까지 오스트리아에서는 동성애가 여전히 범죄였기 때문에 요제프는 정부 보상금을 받지 못했다. 그래서 생활비를 벌려고 사무직을 얻어 생활했다. 그리고 다시는 프레트를 보지 못했다. 누가 게슈타포에게 둘의 사진을 보냈는지는 끝내 알아내지 못했다.

요제프는 운이 좋게도 수용소에서 살아남아 자유의 몸이 되었지만, 분홍 삼각형을 단 수감자 수천 명은 나치 수용소에서 석방된 후에 독일의 일반 교도소로 이송되었다. 놀랍게도 형법 제175조가 독일에서는 1994년까지 완전히 폐지되지 않았기 때문이다.

요제프는 빈에서 빌헬름 크뢰플과 오랜 동반자가 되어 장수했다. 그리고 죽는 그 날까지 그의 (죄수번호 1896번 분홍색 삼각형) 배지를 옷장에 보관했다.

샌프란시스코를 접수한 드래그 여제

호세 사리아

José Sarria

1922~2013

1950년대의 드래그 퀸들에게 핼러윈은 국경일이나 다름없었다. 미국의 많은 도시와 마찬가지로 샌프란시스코에서도 10월 31일은 크로스드레스 금지법이 통하지 않는 유일한 날이었다. 하지만 샌프란시스코 경찰들은 11월 1일 자정 0시가 되자마자 성별과 맞지 않는 옷을 입은 사람들을 체포하여 범인 호송차에 싣기 위해 대기 중이었다.

샌프란시스코 전역에서 공연으로 이름을 날리던 드래그 퀸 호세는 더 이상 참을 수가 없었다. 올해는 달라질 것이었다. 핼러윈을 몇 달 앞둔 날부터 그는 캘리포니아주의 크로스드레싱 금지법이 정확히 어떤 말로 적혀져 있는지 찾아본 다음 아이디어를 얻어서 작업에 착수했다. 그리고 10월 내내 자신의 계획을 실행하는 데 필요할 물품(펠트 천, 접착제, 안전핀, 가위 등)을 모은 다음 자기가 만든 걸 지역 커뮤니티에 뿌렸다.

이윽고 핼러윈 밤이 되자 블랙캣 바에서는 전형적인 광란의 파티가 벌어졌다. 바에 모인 사람들은 호세의 드래그 퀸 쇼 공연을 보러 모였다. 언제나처럼 경찰이 자정에 들이닥쳤지만, 드래그 퀸들은 흩어져 도망치는 대신 당당히 섰다.

경관이 그중 한 드래그 퀸에게 다가가 같이 가주셔야겠다고 말했다.

"무슨 혐의입니까, 경관님?"

그녀가 묻자, 경찰이 대답했다.

"당신은 여자 옷을 입은 남자니까요. 그건 법률 위반입니다."

"경관님, 법을 자세히 보면 상대방을 속이려는 목적으로 옷을 입는 게 위법이라고 되어 있어요. 하지만 여기를 보세요."

그녀는 자기가 입은 드레스에 달린 고양이 모양의 펠트 배지를 보여주었다. 거기에는 "난 남자예요"라고 적혀있었다.

"저는 속일 생각은 없거든요, 경관님. 내 성별을 모두가 볼 수 있게 분명히 알려주고있다고요."

드래그 퀸은 호세의 계획대로 준비한 말을 읊었다.

그날 밤, 호세가 만든 배지를 단 사람은 단 한 명도 체포되지 않았다. 그들이 기억하기로 드래그 퀸들이 처음으로 승리한 날이었다.

원대한 포부

잘생긴 남자였던 호세는 처음부터 드래그 퀸 활동가가 될 마음은 없었다. 사실 그는 교사가 되고 싶어 했다.

미국이 제2차 세계대전에 참전했을 때, 호세 역시 복무하고 싶어 했다. 애국심 넘치는 미국 남자인 자신이 어떤 이유로든 참전하지 않는다는 건 창피하고 불명예스러웠기 때문이다. 하지만 문제가 하나 있었다.

어느 군대에서든 복무하려면 최소한 신장 152센티미터, 체중 45킬로그램이 넘어야 했기 때문이다. 호세는 키와 몸무게가 모두 미달이었다. 신장이 152센티미터가 아슬아슬하게 안 되었고 몸무게도 40킬로그램밖에 되지 않았으니까. 그래도 호세는 복무하겠다고 결심했다. 그가 처음에 찾아간 곳은 해군이었다(해군 군복이 가장 멋있었기 때문이었다). 그다음으로 간 곳은 해병대였다(두 번째로 군복이 멋있는 곳이었다). 하지만 두 군데 모두 자그마한 라틴계 남자를 받아주지 않았다. 절망한 호세는 육군 모병소에 찾아가서 그곳 담당자에게 뭐든 하겠으니 입대하게 해달라고 말했다. 그러자 담당자인 육군 소령은 그에게 점심을 같이 먹자고 제안했다. 둘이 근처 호텔에서 몇 시간을 보낸 후, 소령은 152센티미터, 45킬로그램으로 서류를 꾸며 호세를 군인으로 받아들여주었다.

전쟁이 끝난 후, 호세는 교사가 되겠다는 마음으로 대학에 갔다. 하지만 그 꿈은 좌절되고 말았다. 신분을 속이고 활동하는 비밀경찰이 호텔 화장실에서 동성을 유혹했다는 혐의로 그를 체포했기 때문이다. 나중에 그가 말한 바에 따르면, 그 혐의는 동성애자인 호세를 처벌하기 위해 날조된 것이었다. 어쨌든 범죄 경력으로 인해 그는 학교에서 일할 수가 없게 되었다. 호세는 대학을 중퇴하고 새로운 일거리를 찾아야 했다.

몽고메리가의 나이팅게일

군대도 다녀오고 고등교육도 받은 남자인 호세가 찾아낸 일거리가 그래서 당연히… 드래그 퀸 공연자였을까? 호세는 여장 남자배우가 되었다. 남자인 줄 알아볼 수 있지만 가끔 여자 연기를 하는 배우였다. 1940년대에 블랙캣에서 공연을 시작했을 때 그는 '드래그 오페라'를 대중에게 소개했다. 호세가 무대에 올라서 크로스드레싱 금지법을 어길 때마다 사람들은 열광했다. 호세는 딱 달라붙는 긴 드레스로 몸매의 굴곡을 있는 대로 드러냈고 언제나 특유의 빨간 뾰족구두를 신었다. 호세의 테너 목소리도 아름다웠지만, 공연의 백미는 호세의 과격한 연기였다. 특히 〈카르멘〉을 연기할 때가 그랬다. 호세는 객석에 있는 남자들에게 추파를 던지며 사람들이 원하는 만큼 극적인 죽음의 장면을 계속 연기했다.

호세는 연예 활동 외에도 대단한 능력이 있었다. 호세는 늘 공연의 끝부분에서 항상 격려 연설을 하면서 관객들에게 조언했는데 다른 곳에서는 결코 들은 적이 없는 이야기였다. 게이는 잘못된 것이 아니라고, 스스로를 믿으라고, 그리고 이 제도권을 바꾸기 위해 노력하라고 호세는 말했다.

"우리는 연합해서 서야 해요. 흩어진다면 사람들은 우리를 하나씩 잡으러 올 테니까요."

호세는 이렇게 말하고서 관객에게 다 같이 손을 잡고 영국 국가인 〈신이여, 여왕을 수호하소서(God Save the Queen)!〉(미국에서는 이 나라는 그대들의 것[My Country 'Tis of Thee]'이라는 제목으로 가사를 바꾸어 널리 부르기도 한다)를 "신이여 우리 넬리 퀸들을 수호하소서(God Save Us Nelly Queens)" 라고 가사를 바꾸어 부르곤 했다. 그들은 노래의 마지막 구절을 길 건너편 경찰서까지 들리게 불렀다. 바로 어젯밤 체포된 지역 주민들이 들을 수 있도록 말이다. 당시 블랙캣의 공연장에 있었던 어느 남자는 눈물을 글썽이며 이렇게 말했다.

"호세는 내가 잘못된 게 아니라고, 이류 시민이 아니라고 처음으로 말해준 사람이었어요."

공연은 계속되어야 했지만, 호세가 주로 공연하는 장소는 항상 공격을 받았다. 캘리포니아주 주류통제국은 모든 게이바를 폐쇄하기로 결정했다. 1956년, 주류통제국은 '음란한 공연'을 했다는 이유로 블랙캣의 주류 판매 면허를 취소했다. 바는 항소해서 이겼지만 다음 해에도 계속 문을 열기 위해 끊임없이 싸워야 했다.

호세도 뭔가 하고 싶었다. 그는 다른 활동가처럼 폭동을 일으키거나 법을 어기는 부류는 아니었다. 앞서 실행에 옮겼던 '나는 남자예요'라는 활동처럼, 1961년에 호세는 다시 제도권 내에서 행동했다. 동성애자 커뮤니티가 권력을 얻을 수 있는 유일한 방법은 그들을 대표하는 선출직 공무원을 만드는 일이라고 결론을 내린 후 그는 공개적으로 동성애자임을 밝히고 공직에 출마한 최초의 사람이 되었다.

호세는 선거에서 졌지만 강한 인상을 남겼다. 샌프란시스코 감독위원회(시의회에 해당하는 조직—옮긴이) 위원으로 출마한 호세에게 수천 명의 사람이 투표했다. 호세는 이렇게 말했다.

"나는 내 요지를 증명해 보였습니다. 오늘 이후로 선거 때마다 샌프란시스코의 정치인들이 우리 게이들에게 와서 이야기하고있으니까요."

그리고 16년 후, 호세가 출마했던 그 자리에 드디어 뒤에 나올 하비 밀크가 당선되었다.

황제 폐하

1964년에 블랙캣이 완전히 문을 닫자 호세는 다시 공연하며 격려의 메시지를 전할 수 있는 새로운 공연장을 찾아야 했다. 그는 퀴어 커뮤니티에 무료로 봉사하려고 마음을 먹었지만, 비영리 단체를 만들려면 반드시 '이사 선임'을 해야 한다는 조항이 있었다. 호세가 듣기에는 참 답답하고 지루한 말이었다. 그래서 자기 스타일대로 하자고 마음먹은 호세는 앞으로 세울 조직은 선거 대신 매년 새로운 황제의 대관식으로 진행하기로 했다. 공작들을 책봉하고 정말 황실을 만들어보자는 것이었다. 호세는 이사회의 이사장이나 회장 같은 게 아니었다. 그는 샌프란시스코의 황제 위도 노튼(Widow Norton) 호세 1세가 되었다. 이미 드래그 퀸(여왕)이니, 이제는 승진하여 황제가 될 때 아니겠는가?

그날부터 호세는 퀴어 커뮤니티의 황족이 되었다. '위도 노튼'이라는 말은 1859년에 샌프란시스코 출신의 조슈아 노튼이라는 괴짜가 자신을 미국의 황제라고 선포한 데서 따온 말이었다. 호세는 자신을 이 정신 나간 남자의 아내라고 설정하기로 마음먹고, 매년 그의 무덤에서 추도회를 열었다. 이 이벤트는 블랙캣에서 호세가 만들어낸 모임의 연장선이 되었고, 그곳에서 퀴어들은 오롯이 자신의 정체성을 지킬 수 있었다.

호세는 이제 인터내셔널 코트 시스템(International Court System, ICS)이라는 이름의 대규모 궁중 고위직의 지도자가 되었다. ICS는 공식적인 비영리 단체로, 많은 이들을 위해 일하는 퀴어 커뮤니티의 연결고리다. 수십 년 동안 ICS의 회원들은 기금을 조성하여 에이즈 치료, 성소수자 커뮤니티 센터, 퀴어 퍼레이드, 학생 장학금 등을 지원했다. 호세 여제의 치하에서 미국 전역에 60여 개 지부가 설립된 ICS는 현재까지 여전히 건재하다.

1970년에 호세는 처음으로 캘리포니아 바깥 포틀랜드에서 황제 대관식을 하기로 했다. 그날 아침 황실 수행단(사실은 차 두 대였다)이 샌프란시스코에서 출발해 오리건주 경계 근처에 있는 고속도로 휴게소에 잠시 들러 점심을 먹었다. 빅토리아풍의 드레스를 입은 남자 둘이 먼저 차에서 내렸다. 베일을 들추자 수염을 기른 남자의 모습이 드러났다. 그들이 차에서 음식을 꺼내 연회를 준비하는 동안 경호원 두 명은 차 옆에서 여제를 호위했다. 휴게소 야외 테이블 위에 레이스 테이블보를 펴고 고급 도자기와 크리스털 잔, 은식기를 펼쳐놓았다. 연회 준비가 끝나자 황제가 몸소 차에서 내려 근처에 모여든 구경꾼들을 향해 손을 흔들어주었다. 황제 일행이 점심으로 치킨을 먹는 동안 구경꾼들은 계속해서 추파를 던졌다.

그 후, 목적지 가까이 다다른 일행은 차를 세우고 포틀랜드의 여제에게 전화를 걸어 대황제 폐하 호세 1세가 곧 도시 입구에 도착한다고 알렸다. 포틀랜드 궁정은 즉시 날개 모양 펜더가 솟은 캐딜락 승용차 한 대를 보내 고속도로 출구에서부터 황제의 차를 호위하게 했다.

그때부터 아흔의 고령으로 승하하실 때까지 황제 폐하께서는 정성을 가득 들인 국장國葬을 비롯해 언제나 호화로운 것들만 누리셨다고 한다.

레즈비언 조직화의 쌍두마차

델 마틴 & 필리스 라이언

Del Martin & Phyllis Lyon

1921~2008, 1924~2020

필리스는 너무 놀라 눈을 뗄 수가 없었다. 시애틀에 있는 퍼시픽 빌더 앤드 엔지니어(Pacific Builder and Engineer)사의 신입사원이 입사 첫날 막 출근한 참이었다. 오픈 토 펌프스와 초록색 개버딘 정장을 입은 날카로운 이미지의 여성이었다. 하지만 필리스의 눈길을 사로잡은 건 여자가 들고있는 물건이었다. 이제껏 사무실의 그 어떤 여직원도 그런 걸 들고 회사에 들어온 적이 없었다. 당시는 1950년이라, 나름의 행동 규범이 있었기 때문이다. 물론 대놓고 이래야 한다고 써붙인 규칙은 아니었지만 그래도 그렇지…. 필리스는 이 이상한 여자가 누구인지 알고 싶었다. 갈색 가죽 서류가방을 들고 회사 문을 들어설 만큼 배짱 좋은 이 사람을 말이다.

필리스에게 그건 혁명이나 마찬가지였으니까.

믿거나 말거나(진짜라니까)

만약 델과 필리스가 처음 만난 1950년 그날, 누군가가 두 사람더러 "나중에 당신 둘은 여생을 함께 보내게 될 겁니다"라고 말했다면 그들은 믿지 않았을 것이다. 게다가 58년 후에 '법적으로 혼인'하게 될 거라고 말했다면 더더욱 믿지 못했을 터다.

서로를 만나기 전의 두 사람은 그저 이 세상에서 스스로의 존재란 과연 무엇인지 알아내려고 애쓰던 여성들이었다. 이 세상은 좀처럼 자신들을 이해해주지 않는 것 같았기 때문이었다. 어렸을 적 델 마틴은 다른 여자아이들과 소꿉놀이를 할 때 항상 남편 역할을 맡았다. 하지만 델이 나중에 어른이 되어서도 했던 나름의 소꿉놀이는 좀 문제가 많았다. 한 남자와 결혼했다가 4년 만에 결별하고(결별의 원인은 델이 주고받은 레즈비언 연애편지를 남편이 발견했기 때문이었다), 델은 이제는 이웃집 사람들과 잠자리를 같이하기 시작했다. 그 이웃집 사람들은 남자가 아니라 여자들이었다. 이웃집 남자 중 하나가 중동으로 파견 근무를 가면서 자신이 없는 동안 아내를 "잘 돌봐 달라"고 델에게 부탁했다. 2007년에 찍은 다큐멘터리에서 델은 그때 일을 회상하며 "부탁대로 해주었죠"라고 대답하며 윙크했다.

반면 필리스는 델만큼 급진적이지는 않았다. 어린 시절, 필리스는 다른 여자애의 가슴을 만져볼 수 있다면 참 좋겠다고 생각은 했지만 그런 일은 절대로 일어날 리 없었기 때문에 '안 될 것 같은 일로 고민하지 말자'고 다짐하고 살았다. 아예 그런 생각을 하지 말자고 생각했던 거다. 당시 필리스가 우상이자 롤모델처럼 떠받들었던 여성 인물은 엘리너 루스벨트였다. 하지만 그녀는 나중에 커서 엘리너의 친구인 어밀리아 에어

하트 같은 비행기 조종사가 되고 싶었다. 하지만 그 꿈은 시력이 좋지 않다는 문제 때문에 좌절되었다. 그래서 그녀는 대신 기자가 되었다.

델과 필리스는 둘 다 캘리포니아 북부 출신이었지만 우연히도 시애틀에 있는 퍼시픽 빌더 앤드 엔지니어사에서 일하게 되었다. 이 회사는 건설 관련 보고서를 출판하는 일을 했다. 후에 델은 이 회사가 여성들에게 "편집자나 보조편집자 직함만 주고 월급은 제대로 주지 않았다"고 평했다. 회사는 남성들을 우대하는 분위기였기 때문에 1950년에 델이 서류가방을 들고 회사에 나타난 걸 보고 필리스가 큰 호기심이 든 것도 놀랄 일은 아니었다.

필리스는 신입사원을 자기 집 파티에 초대했는데, 델이 밤새도록 주방에서 남자들과 함께 시가를 피우고 넥타이 매는 법을 배우는 모습을 보고 또 궁금해졌다. 당시 필리스는 레즈비언이 뭔지 알기는커녕 '레즈비언'이라는 단어를 들어본 적도 없었다. 그래서 나중에 델이 자신을 레즈비언이라고 밝혔을 때 필리스는 정말로 큰 충격을 받았다.

필리스는 2년 동안 델의 '그냥 친구'로 지내다가 마침내 어느 날 밤 델과 함께 침대에 눕게 되었다. 그 둘은 결국 1953년에 서로에게 헌신하기로 마음먹고 발렌타인 데이에 샌프란시스코 카스트로가의 아파트를 얻어 살기 시작했다. 그들의 목표는 1년 동안 함께 지내보는 것이었다. 그런데 실험적인 동거 생활은 꽤 어려웠다. 처음부터 무척 험악한 상황이 벌어졌기 때문이었다. 둘은 장기 연애를 어떻게 잘해 나갈지, 어떻게 하면 같이 잘살 수 있는지 알 수가 없었다. 델이 신발을 벗어서 바닥 한가운데에 떡하니 두자 필리스는 신발을 치우라고 말하는 대신 그걸 창밖으로 던져버렸기 때문이다.

참으로 고맙게도 어떤 친구 하나가 두 사람에게 새끼 고양이를 한 마리 주었다. 후에 그 둘은 새끼 고양이를 나눠 가질 방법이 없었기 때문에 힘들 때도 헤어지지 않고 같이 살 수 있었다며 농담을 했다. 그리고 1년이 다 지났을 무렵, 둘 중 누구도 이 '실험'이 끝나는 걸 원치 않았다. 첫해가 두 사람이 스스로에게 무언가를 증명해 보이는 시간이었다면 그 후로 50년의 동거 생활은 '사랑으로 엮은 시간'이 되었다.

"여자만이 사랑의 기술을 아는 법"

1950년대에 레즈비언이 상대를 찾는다는 건 불가능에 가까운 일이었다. 유일한 선택지는 술집에 가는 것이었지만 거기 가는 여성은 경찰의 급습을 당해 체포되기가 쉬웠다. 델과 필리스는 고립감을 느꼈고 필사적으로 다른 레즈비언들을 만나고 싶어 했다. 그러다 1955년에 두 사람이 유일하게 알고 지내던 로즈 뱀버거라는 레즈비언이 전화를 해서 다섯 명의 레즈비언이 더 있는 비밀 사교 클럽에 초대했다. 필리스와 델은 너무나 기뻤다(진지하게 '너무 놀라버렸다'고 해야 할까). 이제껏 레즈비언은 자기 말고 단 한 명밖에 몰랐는데 무려 다섯 배나 많은 사람을 알게 되다니. 이 여덟 명의 여성은 미국 최초의 레즈비언 조직을 결성하였으니 이름하여 빌리티스의 딸들(Daughters of Bilitis, DOB)이었다. 이름은 19세기에 쓰인 에로틱한 레즈비언 시 「빌리티스의 노래(The Songs of Bilitis)」에서 따왔다. 이 시는 "여성만이 사랑의 기술을 아는 법"이라고 고백했다. 만약 이들이 모인 자리를 경찰이 급습한다면 본인들은 시 읽기 클럽이라고 둘러댈 생각이었다.

1957년, 케네스 즈웨린 변호사는 빌리티스의 딸들의 법인화를 신청했다. 그리고 아는 사람들에게는 모두 이 클럽이 "고양이를 키우는 모임이라고 알려질 예정"이라고 언급했다. 처음에 클럽은 회원들의 집에서만 파티를 열었다. 비밀 유지가 클럽의 가장 중요한 사항이라서 여성들은 가입할 때 전화번호나 성별을 알려줄 필요가 없었다. 또한 클럽에는 규칙이 있었다. 세 명의 여자가 남자 옷을 입고 모임에 나온 후로 "바지를 입고 오려면 여성용 바지를 입어야 한다"라는 규칙이 생겼다. 레즈비언처럼 보이면 안 되기 때문에 생긴 규칙이었다.

클럽이 생긴 지 1년이 지나자 델과 필리스를 비롯한 여성 몇 명은 빌리티스의 딸들을 정치 조직으로 만들겠다는 생각을 했다. 그래서 클럽은 둘로 쪼개졌고 델과 필리스가 속한 조직에서는 교육과 입법, 소송에 초점을 맞추어 매달 회의를 열었다. 새로이 조직된 빌리티스의 딸들은 FBI, CIA, 샌프란시스코 경찰국의 반발에도 불구하고 1960년에 샌프란시스코에서 미국 최초의 전국 레즈비언 회의를 개최했다. 이 모임에서는 여러 분야에서 레즈비언 인식의 현 상황을 알려주는 전문가 집단이 모여

교육 문제에 초점을 맞추었다.

빌리티스의 딸들은 미국 최초의 레즈비언 잡지인 「사다리(The Ladder)」를 발행했다. 손으로 직접 스테이플러를 찍어 만든 8쪽짜리 잡지를 받아 보는 수신자 주소 목록은 극비사항이라 항상 빌리티스의 딸들 회원 중 한 명이 가지고 다녔다. 혹시라도 이 주소가 발각되면 잡지를 받아 보는 사람들이 위험해질 수 있기 때문이었다. 「사다리」가 출간되던 당시는 정부가 동성애자를 적극적으로 색출하고 '범죄'를 저질렀다며 기소하던 시기였다. 「사다리」의 첫 호에는 '너의 이름은 안전해!'라는 제목의 기사가 실렸다. 그 기사에는 빌리티스의 딸들이 수신자 주소 목록은 개인 정보라는 것을 주장하기 위해 원용할 판례들을 상세하게 설명해놓았고, 또 다른 기사에서는 만약 레즈비언이라는 것을 들키면 어떻게 해야 하는지 법률 조언이 실려있었다.

「사다리」에 기고하는 작가들이 많이들 그랬듯 필리스 역시 앤 퍼거슨이라는 필명을 썼다. 그러다 네 번째 호가 발행될 무렵, 필리스는 자신이 앤을 잔혹하게 살해해서 이제는 필리스 라이언만 남았다고 공표했다. 그녀는 자신이 주장한 말을 실천하기로 결심했다. 바로 커밍아웃을 하고 사는 것이었다. 다수의 여성은 그런 대담한 행동을 할 처지가 되지 못했지만 말이다. 「사다리」에서 "숨지 말고 나와라"라고 주장하는 글을 내었을 때, 독자 중 한 사람이 이렇게 답장을 했었다.

"그 말대로 하고 싶은 마음이야 굴뚝같지만, 솔직히 어휴, 너무 현실적이지 못하잖아요. 그러면 난 직업도 잃을 거고, 같이 살고있는 아주 멋진 이성애자 룸메이트와도 멀어지게 될 거고, 직업을 찾을 기회도 싹 사라질 텐데요…. 살고있는 도시에서 어딜 가든 배척당할 거라고요."

전미여성협회(NOW)의 당시 현실

슬프지만 그때는 그랬다. 그 당시 동성애자 인권단체들은 여성 인권 문제를 무시했고 여성 인권단체들은 레즈비언 문제를 무시했다. 전미여성협회(National Organization for Women, NOW)는 부부회원 제도를 만들어서 남편들이 페미니스트 아내를 지원할 수 있도록 했다. 그런데 델과 필리스가 협회에 부부로 등록하자 부부회원 제도는 거짓말처럼 사라져 버려서 그 후로는 레즈비언 부부든 이성애자 부부든 가입할 수가 없게 되었다. 전미여성협회의 지도부는 레즈비언들이란 대다수가 남자를 증오하는 여자들이라고 생각했다. 레즈비언들이 협회에 가입하면 협회의 운동을 제대로 할 수 없을 거라고 두려워했던 것이다. 그래서 그들은 모든 레즈비언을 색출하려 했지만 실패했다. 이후 4년간 레즈비언들은 열심히 로비를 했고 결국 1971년 전미여성협회는 레즈비언들도 회원이 될 수 있도록 정책을 바꾸었다. 그리하여 1973년 델은 커밍아웃한 레즈비언으로는 처음으로 전미여성협회 이사로 선출되었다.

1966년 델과 필리스는 빌리티스의 딸들 활동에서 물러났다. 이후에도 레즈비언 사회를 위해 수십 년 동안 더욱 많은 일을 했다. 그들은 1972년에 『레즈비언/여성(Lesbian/Woman)』이라는 책을 썼는데 그것은 「사다리」의 독자 조사와 기타 연구의 통계를 사용하여 최초로 레즈비언을 조명한 책이었다. 이 책에 수록된 통계를 보면 1971년 토론 모임에 참가한 스무 명의 레즈비언 중 십대 때 자살 시도를 하지 않은 사람은 단 두 명뿐이었다고 한다. 델과 필리스는 전국에 있는 레즈비언들의 이모와도 같은 존재가 되었다. 자신의 정체성을 드러내지 못하고 사는 전국의 레즈비언들로부터 편지와 전화를 수없이 많이 받으며 답을 해주었다. 가끔 레즈비언들이 직접 연락해 감사하다는 말을 하기도 하고, 때로는 자살 시도를 하려다가도 델과 필리스의 연락을 받고서 벗어나기도 했다. 1957년 드라마 〈태양의 계절(A Raisin in the Sun)〉의 작가 로레인 핸즈버리가 이 부부에게 보낸 4쪽 분량의 편지에서 "여러분이 있다는 사실을 알게 되어 기뻐요"라고 한 말이야말로 레즈비언들의 마음을 한마디로 요약한 것이리라.

2008년 캘리포니아주에서 동성 결혼 금지가 폐지되었을 때, 처음으로 동성 결혼을 한 것도 델과 필리스였다. 필리스는 이렇게 말했다.

"우리가 처음 만났을 때는 결혼해야겠다는 생각을 실제로 하지는 않았어요. 함께 살아야겠다는 생각만 했지요. 그래서 오늘은 정말 대단한 날이라고 생각해요."

델이 덧붙였다.

"나도."

샌프란시스코 시장은 화려한 정장을 입은 두 명의 할머니를 앞에 두고 시청에서 엄숙한 결혼식을 주례했다. 결혼식이 끝난 후 델과 필리스는 가볍게 점심을 든 다음 집에 가서 TV를 보았다.

그리고 두 달 후, 아직 신혼을 즐기던 중 델이 먼저 세상을 떠났다.

주류 퀴어 운동 내부의 반항아

실비아 리베라

Sylvia Rivera

1951~2002

여장남자들은 스톤월 인(Stonewall Inn)에 들어갈 수 없었다. 그렇지 않아도 마피아가 운영하는 이 술집은 범죄 구역으로 여겨졌지만, 거기다가 '크로스드레싱' 손님을 들인다는 건 또 다른 문제였다. 당시 미국의 많은 도시와 마찬가지로 뉴욕에서도 사람들의 복장을 제한하는 엄격한 법이 있었다. 타고난 성별에 부합하는 복장을 최소한 몇 가지는 입어야 한다는 법이었다. 뉴욕에 사는 사람들의 경우는 성별에 맞는 옷을 반드시 세 가지 이상 걸치고 다녀야 했다. 하지만 실비아는 스톤월에 연줄이 있었기 때문에 남자 옷을 하나도 입지 않고서도 1969년 6월 27일 스톤월 인 안으로 당당하게 들어갈 수 있었다.

그날, 그러네이치 빌리지에는 여느 금요일 밤과 다를 게 없는 분위기가 펼쳐졌다. 사람들은 주말이 시작되자 즐기러 나왔다. 사람들이 물을 타서 희석한 술을 마시는 동안(주류통제국에서는 동성애자에게는 알코올 판매를 금지한다는 말도 안 되는 방침을 세우기는 했지만 술은 판매되었다), 주크박스에서 흘러나오는 롤링 스톤스의 노래에 맞추어 '성적 일탈자'들은 한데 섞여 춤을 추었다.

새벽 한 시 20분, 갑자기 천장의 불이 환하게 켜지면서 분위기에 찬물을 끼얹었다. 경찰이 떴다. 또 단속을 나온 것이다. 오늘 분위기는 이걸로 파장이다. 이제 무슨 일이 일어날지, 잠자코 기다리던 사람들 사이에서 불안한 기색이 감돌았다. 체포되는 걸까?

실비아를 비롯한 클러버들은 하나씩 자신의 신분증을 보여주고 나서 스톤월 인에서 나올 수 있었다. 평소 같았으면 일상적으로 일어나는 경찰의 급습을 당한 후에 흩어지고는 했지만, 이번엔 그들은 술집 밖에서 서성였다.

'아직도 안에 있는 사람들에게 무슨 일이 생긴 걸까?'

그들은 알고 싶었다. 모인 무리는 신분증이 없는 사람들이 어떻게 되는 건지 걱정이 되었다. 경찰에게 맞고 있나? 단속이 뜨면 그런 일이 수없이 일어나니까.

긴장감이 고조되었다. 박살이 난 술집 안에 들어가지 않았던 행인들도 점차 모여들었다. 단속이 뜬 다음에는 항상 그랬던 것처럼 체포된 퀴어들이 끌려나와 경찰 호송차로 옮겨지는 모습을 보자 오랫동안 경찰의 괴롭힘을 당하며 쌓여왔던 분노가 표출되었다. 그때 어떤 부치 레즈비언이 끌려나오면서 자신을 붙잡은 경찰에게 발버둥을 쳤다. 그녀가 군중에게 소리쳤다.

"너희들은 왜 보고만 있냐! 어떻게 좀 해봐!"

그 말에 모든 것이 바뀌었다.

실비아는 이런 걸 보고만 있을 사람이 아니었다. 그녀는 이제 얻어맞는 게, 차별을 당하는 게 지긋지긋했다. 동요된 군중들이 경찰에게 동전을 던지기 시작했다. 실비아는 처음으로 병을 던졌다.

그 즉시 경찰들은 술집 안으로 들어가 바리케이드를 쳤다. 화염병이 유리창 안으로 날아들자 경찰은 물을 뿌리고 소방 호스를 틀었다. 사람들은 주차 계량기를 뽑아 들고 문을 부숴다. 그때 실비아는 이런 생각을 했다.

"세상에! 이건 혁명이구나. 혁명이 마침내 일어났어!"

그러네이치 빌리지

실비아는 남자로 태어났고, 살면서 운이 좋았던 적이 한 번도 없었지만 결코 좌절하지 않았다. 실비아의 인생은 태어난 순간부터 험난했고, 세 살 때 어머니가 자살한 후로는 급격히 악화되었다. 그녀의 어머니 리베라 씨는 우유에 쥐약을 타서 마신 후 실비아에게 남은 우유를 주었다. 실비아는 우유 맛이 이상해서 마시기 싫었고, 그래서 많은 양을 마시지는 않았지만 결국 위세척을 해야 했다. 병원에 누운 어머니가 죽으면서 남긴 말은 이랬다. 자식 역시 힘든 삶을 살아야 할 것을 알기에 실비아를 죽이고 싶었노라고.

그 예언과도 같은 말은 결국 현실이 되고 말았다. 리베라 씨가 죽고 나서 실비아는 베네수엘라인인 할머니 손에서 컸다. 하지만 할머니는 실비아를 제대로 양육하지 않았다. 아이를 때리면서 태어나지 말았어야 하는 아이라고 말하는 게 무슨 '양육'이란 말인가. 아이를 학대한 이유 중 하나가 실비아가 푸에르토리코 출신 아버지에게서 검은 피부를 물려받았다는 것이었다. 늙은 '할망구'는 실비아의 여성적인 면도 무척 싫어했다. 하지만 그럼에도 실비아는 불과 초등학교 4학년 때부터 화장을 시작했다. 아침에 집에서 나온 뒤 화장을 하고 집에 오기 전에 지워서 할머니의 분노를 피했다. 할머니에게 절대로 굴하지 않았던 실비아는 무슨 일이 있어도 여자로 살아야겠다고 결심하고서 결국 집을 나와버렸다. 그게 겨우 열 살 때였다.

집을 나온 실비아는 그녀의 진정한 집이라 할 수 있는 그러네이치 빌리지를 알게 되었다. 그곳은 실비아같이 집을 뛰쳐나온 부적응자들이 모인 중심지였다. 실비아는 먹고살기 위해서 성매매를 하는 거리의 아이들과 쉽게 어울렸고 드래그 퀸 몇 명이 실비아를 보호해주었다.

삶은 위험했다. 성매매도 위험했지만 경찰도 위험했기 때문이었다. 1960년대 뉴욕에서 크로스드레싱과 동성애는 불법이었다. 언제든 이것 때문에 체포될 수 있었다. 실비아는 감옥에 들어가지 않으려고 있는 힘을 다했다. 트랜스젠더 여성은 거리에서 지내는 것보다 감옥에 가서 훨씬 심한 폭행을 당한다는 걸 알고 있었기 때문이었다. 한번은 어떤 남자와 차를 탄 적이 있었는데 알고 보니 남자는 사복 경찰이었다. 경찰은 자기에게 잘해주지 않으면 감옥에 넣겠다고 협박했다. 그는 실비아에게 총을 겨누며 만약 차에서 내리면 쏘겠다고도 말했다. 하지만 실비아는 차에서 내린 다음 여봐란 듯 우아하게 걸었다. 물론 그 후에는 전속력으로 도망쳤지만 말이다. 또 한번은 사복 경찰에게 잡혀 연행 중에 전속력으로 달리던 자동차에서 뛰어내리기도 했다. 그뿐만이 아니었다. 그러다 결국 체포되어 감옥에 갇혔을 때 어떤 남자가 실비아를 멋대로 다루려 하자 그녀는 남자를 이빨로 물어뜯어서 잊지 못할 경험을 시켜주었다. 그 후로 다른 죄수들은 그녀를 슬금슬금 피했다.

스톤월에서 STAR 하우스로

스톤월 폭동은 현대 퀴어 인권 운동의 도화선이 되었다. 실비아는 그 순간 "나와 내 동료들을 위해 세상이 바뀌는 모습을 보았다"고 말했다. 당시 겨우 열아홉 살이었던 실비아는 퀴어 인권 옹호 단체를 사람들과 함께 새로이 조직했다. 하지만 모든 노력을 기울였음에도 불구하고 실비아는 초기의 인권단체가 가진 방향성에 화가 났다. 말하자면 동성애자 인권 법안을 만들면서 트랜스젠더 인권은 빼버리는 식의 일이 일어났던 것이다. 일단 동성애자를 위한 법을 열심히 만드는 일이 먼저라며 계속해서 다음 차례를 기다리라는 말만 듣게 되었다.

"우리는 지금 게이 남자를 위한 법을 만들고 있는 거야. 그다음에 트랜스젠더 여성을 위해 일하면 되잖아. 괜찮지?"

하지만 머지않아 실비아는 자신을 위한 차례가 결코 오지 않으리라는 점을 알게 되었고, 그래서 무척 마음이 아팠다. 이 중요한 시기에 등을 돌린 게 경찰도 외부인도 아니라 바로 자기가 속한 커뮤니티의 동지들이라니. 실비아는 후에 종종 이렇게 말했다.

"드래그 퀸이 한을 품으면 오뉴월에도 서리가 내린다."

실비아와 그녀의 절친이었던 마샤 P. 존슨은 '거리의 트랜스베스타이트 행동혁명가(Street Transvestite Action Revolutionaries, STAR)'라는 단체를 설립하고 트랜스젠더 커뮤니티의 문제를 파악하기 시작했다. STAR는 실비아와 마샤보다 불과 몇 살 어린 거리의 아이들을 직접 지원하겠다고 선언했다. 어디에 청원을 하자는 게 아니었다. 배고픈 아이들을 찾아서 밥을 주는 일이었다. 실비아와 마샤는 성매매로 돈을 벌었고 그 돈으로 STAR 쉼터를 지원했다. 그리고 길에서 자던 트랜스젠더 아이들이 그곳에서 안전하게 자면서 살아남으려고 성매매를 하지 않아도 되기를 바랐다. STAR의 지원을 받은 아이들은 음식을 훔쳐다 쉼터에 기부했다. 만약 퀴어 인권단체들이 이들을 도와줄 수 있었더라면 얼마나 좋았을까…. 아니, 잠깐. 인권단체가 분명히 돕기는 했다. 실비아의 조직이야말로 어엿한 인권단체로 아이들을 돕고 있었으니까. 하지만 실비아에게 도움이 필요했을 때는 그 어디서도 도와주지 않았다.

고군분투

그 악명 높은 단속 후, 항쟁을 기리며 매해 열리고 있는 스톤월 기념 퍼레이드는 1970년에 시작되었다. 이 퍼레이드는 후에 퀴어 퍼레이드로 알려지게 된다. 그런데 1973년 뉴욕에서 스톤월 기념 퍼레이드가 열렸을 때 실비아의 투쟁이 첨예한 관심을 끌게 되었다. 실비아는 처음에 군중들 앞에서 연설하도록 초대를 받았는데 갑자기 연사 명단에서 제외되었던 것이다. 행사를 조직한 레즈비언이 실비아의 정체성을 두고 다른 시스젠더 여성들에게 불쾌감을 줄 수 있다고 생각했기 때문이었다. 이런 역경을 가볍게 넘길 만한 인물이 아니었던 실비아는 어쨌든 연단에 올랐고, 자신에게 야유를 보내는 군중에게 이렇게 말했다.

"나는 이 무대까지 올라오기 위해 말 그대로 싸워야 했습니다. 나와 함께 활동하며 동지라고 생각했던 사람들이 나를 말 그대로 두들겨 팼지요. 거기서부터 모든 게 시작되었어요. 정말로 우리를 입 다물게 만들려고 했다고요. 그들이 나를 때렸고 나는 그들의 엉덩이를 걷어찼습니다."

그녀는 모인 사람들에게 그들의 맹점을 외쳐 말했다. 그리고 자신 같은 트랜스젠더 여성들이 감옥에 갇혔을 때 여성 단체나 동성애자 단체에게 도와달라는 편지를 쓰지 않았다고 말했다. 그들은 바로 STAR에 편지를 썼기 때문이다.

"당신들은 모두 나에게 말하죠. 여기서 꺼지라고, 다리 사이에 거시기를 숨기고 다니라고요. 나는 더 이상 이런 짓거리를 참지 않을 겁니다. 난 맞으며 살았어요. 코가 부러진 적도 있고요. 감옥에 처박힌 적도 있고 일자리를 잃어버리기도 했어요. 게이 해방 운동 때문에 집도 잃었는데 당신들은 모두 나를 이렇게 대합니까? 대체 당신들은 모두 왜 이렇게 지랄맞은 거예요?"

정말로 실비아다웠다.

운동 안의 운동

실비아는 여생을 동성애자 권리 운동의 주류 흐름에 역행하면서 퀴어 인권을 위해 일하며 보냈다. 역설적으로 보이겠지만 실비아의 가장 큰 투쟁은 바깥세상이 아니라 퀴어 공동체 '안에서' 진행되었다. 그녀는 트랜스젠더 청소년이나 수감된 사람들이나 노숙자같이 대표해줄 사람이 없는 이들이 목소리를 낼 수 있도록 투쟁했다. 주류 운동이 잡아주지 못하는 사각지대에 있는 존재를 모두 잡아주었다.

실비아의 투쟁은 마약, 술과 함께 이루어졌다. 결국 말년에는 노숙자 신세가 되었지만 그럼에도 퀴어 인권 운동을 위한 투쟁을 멈추지 않았다. 마침내 그녀는 살 곳을 찾아내었다. 바로 '트랜지 하우스(Transie House)'라는 트랜스젠더들을 위한 쉼터였다. 거기서 사랑도 만났다. 실비아와 줄리아 머리는 처음에는 친구로 시작했지만 나중에는 연인이 되고 1999년에는 파트너가 되었다. 실비아는 그때를 이렇게 회상했다.

"나는 우리 둘 다 트랜스젠더라는 걸 느껴요. 우리는 상대방이 살아온 삶이 어떤지 이해하고 있죠. 우리는 항상 남자들과 함께 살아왔지만, 우리가 살면서 만난 남자들은 지금 우리 사이에서 나누고 있는 이런 감수성을 느끼게 해준 적이 없었죠."

줄리아와 함께 있으면서 실비아는 말년에 술을 끊고 살 수 있었다.

그녀는 삶의 마지막까지 집요하게 투쟁했다. 50세의 나이에 간경화로 병원에서 죽어가면서도 퀴어 인권 법안을 통과시키기 위해 활동가들과 만나기도 했다. 그녀는 백 살까지 살면서 1969년 혁명 이후 시기를 살아가며 자신이 만들었던 변화들이 실현되는 모습을 보기를 바란다고 말했다.

트랜스젠더 커뮤니티는 지금도 실비아가 투쟁했던 목표들을 위해 싸우고 있으며 현재 그들이 속해서 활동하는 단체들은 실비아의 이름을 딴 곳들이 많다. 스톤월 인은 2016년에 미국 최초로 퀴어 역사를 알려주는 국가 기념물이 되었다. 오늘날 그곳을 방문하는 사람들은 반드시 '실비아 리베라길(Sylvia Rivera Way)'로 새로이 명명된 길을 지나가게 된다.

성전환 합법화하고 테니스 선수까지

러네이 리처즈

Renée Richards

1934~

여섯 살 딕 래스킨드는 방문 앞에 오도카니 서있었다. 자기를 잡으려는 사람이 주변에 아무도 없는지 집안 움직임을 귀 기울여 듣는 중이었다. 들킬 위험이 없어지자 딕은 급히 복도를 달려가 누나의 방에 들어갔다. 그리고 덜덜 떨리는 손으로 누나의 옷장에서 치마와 블라우스, 신발과 스타킹, 가터벨트와 속옷, 모자를 집어 쏜살같이 화장실로 달렸다.

두근대는 가슴을 하고서 딕은 여자 옷으로 갈아입었다. 거울에 비친 자신의 모습을 처음 봤을 때, 옷은 자기 몸에 너무 크고 막상 입고 나니 예상만큼 예쁘지 않다는 사실을 알아차렸다. 하지만 딕이 느낀 건 그뿐만이 아니었다. 자기 옷을 입었을 때보다 이 옷을 입은 기분이 훨씬 더 차분해지는 것을 느꼈다. 훨씬 더… 좋았다. 꼬마는 재빨리 옷을 갈아입고 누나 옷을 도로 갖다놓았다. 그러자 아까 느꼈던 마음의 평화는 사라지고 이제는 죄책감이 들었다. 여섯 살짜리 꼬마는 자기가 지금 한 일이 매우 잘못되었다는 걸 느꼈지만… 다음에 또 할 수 있기만을 벌써 바라고 있었다.

'올바른' 인생길

여기서 잠시 짚고 넘어가야 할 사항이 있다. 이 책에서 러네이는 후에 딕이라는 남자로 살았던 과거를 돌아보게 된다. 그래서 러네이가 스스로를 묘사한 용어를 따라 우리도 딕이 러네이로 변하기 전에는 딕을 '그' '남자'라는 말로 지칭했다. 하지만 다시금 알아두자. 특별히 본인이 바라지 않는 경우를 제외하고는 트랜스젠더가 태어났을 때의 성별을 나타내는 말로 트랜스젠더의 성전환 전의 모습을 설명하는 것은 올바르지 않은 무례한 행동이 된다.

러네이는 인생의 처음 절반을 리처드 래스킨드라는 이름의 남자로 살아왔다. 하지만 리처드 래스킨드 때도 어릴 적부터 자신이 정말로 누구인지 그는 확실히 알고 있었다. 다만, 러네이라는 모습을 드러낼 용기를 모으는 데는 오랜 세월이 걸렸다. 그러기까지의 여정은 길고 아주 험했지만 참다운 자신이 되기 위해 딕이 걸어야 할 길이기도 했다.

딕은 십대 때 릴리 엘베의 전기 『남자에서 여자로(Man into Woman)』를 발견했다. 그래서 성전환이 가능하다는 걸 알게 된 딕은 자신이 바라는 게 그것임을 깨달았다. 딕이 보기에는 생식기 수술이야말로 그를 여자로 만들어줄 유일한 수단이었다. 하지만 성전환 수술은 단순히 가능한 날짜를 찾아 수술을 예약하면 그만인 식으로 간단한 일이 아니었다(현재도 전혀 간단하지 않다). 그래서 딕은 실제로 수술을 고려해볼 수 있을 때까지 오랫동안 자신의 비밀을 간직하고 살았다. 러네이를 숨기고 살아간 탓에 딕은 우울증과 불안감, 혼란스러움을 느끼며 20대와 30대를 살아갔다.

아동기와 청소년기에는 아무도 딕이 품은 러네이의 모습을 알지 못했다. 그러다 대학 시절, 딕의 여자친구가 그의 여자 옷을 발견했다. 그녀는 딕에게 자신이 방학 기간에 학교를 떠나 있는 동안 다시는 그런 '짓'을 하지 말라고 다짐을 받았다. 하지만 이미 갈라져 버린 딕의 이중생활은 그때부터 더욱 심해질 뿐이었다. 딕은 러네이의 모습으로 외출하기 시작했다. 물론 그를 알아볼 만한 사람이 있는 곳으로는 가지 않았지만 그래도 숨지 않고 공공장소로 나갔다. 언젠가는 성전환 수술을 할 수 있을 거라고, 하게 될 거라고 미래를 내다본 그는 어떤 의사의 감독 아래 에스트로겐 주사를 맞기 시작했다. 그 이후 정기적으로 러네이의 모습으로 옷 입고 나서는 시간이 많아졌다. 딕은 자신의 비밀스러운 삶을 받아들이기 시작했으면서도 여전히 고등학교 때부터 보여오던 겉모습을 유지했다. 오토바이를 타고 테니스를 즐기며 여자들에게 인기 많은 마초 남자의 모습이었다.

대학교를 졸업하고 의학전문대학원에 진학한 다음 나라의 부름에 따라 해군에서 복무하면서(그는 입대를 미루었기 때문에 레지던트 수련을 마치고 군대에서 의사로 복무할 수 있었다) 딕은 1960년대 당시 성전환을 원하는 이들에게 주어진 몇 안 되는 선택지 중 하나를 골랐다. 바로 모로코의 카사블랑카에 가서 성전환 수술을 하는 것이었다. 그 시절 미국의 의사들은 성전환 수술을 집도하기는커녕 권유조차 하지 않았다. 하지만 막상 카사

블랑카에 도착하고 수술할 때가 되자 딕은 차마 용기를 내지 못했다. 신체적인 위험도 컸고 앞으로의 삶이 어떻게 될지 무서웠기 때문이다. 그래서 수중에 있던 돈으로 다시 뉴욕에 돌아왔다.

딕이 모로코에서 뉴욕으로 돌아오자 딕을 담당하던 의사들은 갑자기 겁을 먹고는 그에게 에스트로겐 주사를 놓아주기를 거부했다. 그들은 성전환 수술을 받겠다는 사람을 반대하지는 않았다. 그러나 사회적으로 성공한 남자에게, 그것도 어엿하게 의사로 지내는 남자에게 성전환을 해준다는 것은 윤리를 어기는 것이라고 느꼈다. 성전환을 하면 안락해 보이는 삶을 '던져버리는' 것이었으니까. 딕이 이들에게서 도덕적 판단을 구하다니, 왜 그랬을까….

그즈음에 한 친구가 딕에게 바버라라는 여자를 소개해주었다. 자포자기한 기분으로 딕은 성전환을 포기하고 기존의 전통적인 삶에 전념하기로 했다. 바바라와 여섯 달을 사귀고 딕은 결국 결혼을 했다(그녀는 새신랑을 그저 전형적인 다혈질의 미국 남자라고 생각했고 남편에게 참 오랫동안 품어온 비밀스러운 정체성이 있다고 한 번도 의심하지 않았다). 그렇게 부유한 이성애자 안과 의사로 살아가다가 2년 후에는 아이 아버지가 되기도 했다. 러네이의 정체성은 갇힌 채였고 딕은 에스트로겐의 효과로 생긴 가슴을 잘라내는 수술까지 받았다. 그건 딕의 의사들이 바라던 바였으나… 딕은 완전히 비참해졌다.

전환

이 완벽하고도 가식적인 생활은 오래갈 수가 없었다. 러네이로 살지 못하게 된 딕은 급기야 자살할 위기에 처했다. 그는 바바라와 이혼하고 직장을 그만둔 다음, 처음으로 여자 옷을 입어본 지 32년이 되던 1975년에 마침내 성전환 수술을 받기로 했다. 침대에 누워 수술을 기다리면서 그는 어린 시절 골랐던 이름을 떠올렸다. 그때는 러네이(Renée)라는 이름이 프랑스어로 '다시 태어남'을 뜻하는 말인지 몰랐다. 그 이름과 성전환 수술은 마치 운명 같았다.

마침내 러네이가 본인다운 모습으로 살기 시작했을 때는 벌써 40대가 된 후였다. 바바라는 '혐오감'을 드러냈다. 러네이의 누나는 이게 정말 큰 실수라고 여겼다. 러네이의 친구들은 '그토록 극단적인' 행동을 하지 말라고 이미 말한 바 있었다. 하지만 이제는 돌이키기에는 좀 늦어버렸다. 뉴욕에서 아무에게도 지지를 받지 못한 러네이는 서부로 갔다. 그곳에서는 아무도 그녀의 과거를 알지 못했기 때문에 백지상태에서 새 출발을 하기 위해서였다.

러네이는 작지만 아주 강력한 경주용 자동차인 셸비 코브라 한 대를 사서 캘리포니아로 향했다. 그녀는 이 차가 자신과 비슷하다고 생각했다. 빨리 달릴 수 있도록 설계되었지만 차체는 아주 연약했기 때문이었다. 러네이는 서부에 도착하자마자 딕이 뉴욕에서 살았던 삶과 아주 비슷한 삶을 살았다. 병원을 개업하고 아마추어 테니스 선수로 활동했다.

그녀는 '미국 사회에 녹아들어서 그 후로 행복하게 살기만 한다면 더는 바랄 것이 없다'고 생각했다. 하지만 상황이 '딱 그렇게' 흘러가지는 않았다.

러네이는 테니스 대회에서 훌륭한 성적을 거두어서 세간의 주목을 받아 언론 지면에 실리게 되었다. 그런데 어느 기자가 갑자기 나타난 신비한 신인의 과거를 파본 것이다. 그러다 기자는 리처드 래스킨드가 뉴욕에서 딴 의사 면허가 캘리포니아 면허로 바뀌면서 러네이의 이름이 들어갔다는 사실을 알아내었다. 1977년에 이 기사가 나오면서 러네이는 신문 1면에 나게 되었다. 러네이와 함께 대회에 참가한 여성 선수들은 여성 대회에서 성전환 선수와 경기할 수 없다고 거부하며 대회를 포기했다.

엎친 데 덮친 격으로 미국 테니스협회는 '성별' 검사를 통과하기 전까지는 러네이가 여성 프로 테니스 대회에 나올 수 없다고 선언했다. 만약 성별 검사에서 그녀가 XY 대신 XX 염색체를 가지고 있음이 밝혀진다면 대회에 참가할 수 있었다. 하지만 러네이는 이렇게 말하며 거부했다.

"나는 성별 검사를 받을 겁니다. 하지만 산부인과 검사같이 합리적인 성별 검사만을 받겠습니다."

그녀는 뉴욕시 보건부에서 발급한 서류에 자신이 여성이라는 점이 나와있는데도 주최측이 대회에 참가하지 못하게 해서 화가 났다. 러네이는 다음 단계를 취하면서 트렌스젠더 인권의 판도를 바꾸었다. 바로 염색체 검사를 받지 않고도 여자로 경기에 참여할 수 있는 권리를 위해 미국 테니스협회를 고소했고, 승소했다.

게임, 세트, 매치

러네이는 소송에서 승리하면서 여자로 경기에 출전할 수 있는 법적 권리를 보장받게 되었고 두 달 만에 US 오픈에 출전한 최초의 트랜스젠더가 되었다. 당시 그녀는 마흔세 살이었지만 프로 테니스 선수의 인생은 지금부터가 시작이었다. 그녀는 4년 동안 월드 투어에 출전하며 알게 된 다른 여성 테니스 선수들과 즐겁게 지냈다. 그녀는 이 시기가 러네이로서 가질 수 없었던 청소년기 같았다고 말하곤 한다.

러네이는 은퇴 후 당시 양성애자로 커밍아웃한 마르티나 나브라틸로바(후에 그녀는 레즈비언임을 밝혔다)를 잠시 지도하다가 그 후 뉴욕으로 다시 이사했다. 그리고 몇 년 전 리처드 래스킨드를 고용했던 바로 그 병원으로 돌아가 의사로 다시 일했다. 참으로 먼 길을 돌아온 것이다.

현재 러네이는 뉴욕 북부에 있는 자그마한 시골집에 살면서 안과 의사로 일하고 있다. 언제나 바라던 대로 조용하고 이름 없는 삶을 드디어 누리게 된 것이다. 러네이는 열렬한 테니스 팬으로서 매년 US 오픈을 보러 간다.

만인이 사랑한 커밍아웃 게이 정치인

하비 밀크

Harvey Milk

1930~1978

"마이크 앞에 서는 순간 총알이 날아갈 거다."

지난주에 배달된 엽서에는 이렇게 적혀있었다. 하비는 이런 식의 암살 협박을 주기적으로 받았고 그럴 때마다 속으로야 어쨌든 언제나 겉으로는 웃어넘겼다. 하지만 혹시, 오늘이야말로 하비의 적들이 그를 죽이겠다는 약속을 잘 지켜버리면 어떡하나? 1978년 샌프란시스코에서 열린 게이 자유의 날 퍼레이드에서 이제껏 동성애자 권리에 헌신했던 하비의 투쟁과 삶이 끝나버리는 건 아닐까?

자유의 날 기념식에서 마이크 앞에 선 하비는 모인 군중에게 '6차 개정안'을 두고 벌이는 싸움에 대해 이야기했다. 상정된 법안은 캘리포니아 학교에서 동성애자들이 교사가 되는 것을 금지하는 법안이었다. 자유와 평등. 이 '두 가지'는 그의 인생이 위험해질 것을 무릅쓰고 추구할 만한 가치가 있는 개념이었다.

미국이 어떤 나라인지 다시금 알려드리겠습니다.

잘 들어주십시오.

자유의 여신상에는 이런 말이 쓰여 있습니다. "지치고 가난한 자들을, 자유롭게 숨쉬기를 갈망하는 무리들을 보내다오…."

독립선언서에는 이렇게 쓰여 있습니다. "모든 사람은 평등하게 태어났고 양도할 수 없는 권리를 부여받았으며…."

그리고 우리의 국가國歌에는 이런 가사가 있습니다. "오, 성조기는 지금도 휘날리고 있는가, 자유의 땅에서."

저 밖에 존재하는 편견 가득한 사람들을 위해 말합니다. 이게 바로 미국입니다. 제아무리 애를 써도 이 말들을 지울 수는 없습니다.

수십만 명의 퀴어들과 그들의 지지자들이 박수갈채를 보냈다. 하비는 군중들의 에너지를 받아 빛나는 얼굴로 연단에서 내려오며, 공개석상에 나섰지만 이번에도 살아있다는 데 안도했다. 증오하는 이들이 아무리 마음대로 살해 협박을 보내봐도 소용없었다. 캘리포니아에서 동성애자로는 처음으로 선출직 공무원이 된 하비는 도망치지 않을 터였다.

카스트로가의 시장

하비는 롱아일랜드 출신의 귀가 커다란 유대인 아이로 자랐으며 나중에 미국 재계에서 일하기로 결심했다. 하지만 1960년대와 70년대에 걸쳐 자유주의적 히피 문화가 몰아치면서 그 영향에 휩쓸렸다. 그래서 머리를 길게 기르고 뉴욕에서 샌프란시스코로 이주하여 3년간 연인으로 지내 온 스콧 스미스와 완전히 새로운 삶을 시작했다. 스콧은 하비보다 스무 살이나 어렸지만 훨씬 더 오랜 기간을 자유로운 영혼으로 살아온 사람이었다. 금발머리를 길게 기르고 고향인 미시시피를 이리저리 돌아다니며 너무 많은 마약을 복용했던 스콧은 스물두 살 되던 해, 인생에 지루함을 느끼고는 그러네이치 빌리지로 이사해 하비를 만났다.

뉴욕을 뒤로하고 하비와 스콧은 하비의 다지 차저(Dodge Charger, 크라이슬러사의 준대형 세단—옮긴이)를 타고 캘리포니아를 돌아다니며 느긋한 삶을 살았다. 그들은 모아둔 돈을 쓰면서 밤마다 삼나무 밑에 침낭을 펴 놓고 입양한 강아지 '키드'와 함께 잤다. 그리고 마지막으로 남은 천 달러(현재 시세로는 5천 달러에 이른다)를 들여 정착하고 샌프란시스코의 카스트로가에 카메라 가게를 열었다. 두 사람은 사진과 관련된 건 아무것도 공부한 적이 없는데도 말이다. 어쨌든 곧 그곳은 미국 퀴어들의 중심지가 되었다. 그리고 가게에서 무엇을 파느냐는 그다지 중요한 게 아니었다. 하비는 자기네가 빌린 아파트 아래에 가게가 있다는 게 그저 좋았으니까. 심지어 가게 앞 유리창에 "네, 우리는 아주 열려 있습니다(Yes, We Are Very Open)"라는 간판을 걸기도 했다.

샌프란시스코의 카스트로가는 빠르게 변해갔다. 마치 약속의 땅에 도착한 순례자처럼 매주 동성애자들이 수십 명씩 전국에서 몰려와 머물렀다. 보수적인 사람들이 경영하던 기존의 전통적인 상점들은 동성애자가 운영하는 가게들이 속속 생기면서 무너져갔다. 그러나 이런 변화를 모든 사람이 다 좋아한 건 아니었다. 1970년대 캘리포니아에서는 물 빠진 나팔바지와 타이다이 셔츠가 유행하는 만큼이나 동성애자를 향한 폭력도 흔해졌다. 경찰도 별 도움이 되지 않았다. 증오 범죄의 무고한 희생자들을 보호해야 할 경찰은 오히려 카스트로가를 순찰하면서 게이 바를 단속했다("시민을 보호하고 시민에게 봉사한다"라는 경찰의 모토는 딱 봐도 성소수자들에게는 해당되지 않았다). 희생당하고 싶지 않았던 게이들은 스스로를 보호하기 위해 조직을 만들었고, 문제가 생기면 도움을 청하기 위해 호루라기를 가지고 다니기 시작했다. 어느 날 밤, 하비는 한 친구와 함께 카스트로가에 있다가 호루라기 소리를 들었다. 그들은 방금 구타당한 피해자에게 달려갔고 그 후 하비는 때린 사람을 쫓아갔다. 하지만 그놈을 잡은 하비는 폭력으로 대응하지 않았다. 대신 그에게 경고를 남기고 풀어주었다.

"네 친구들에게 말해라. 우리가 여기서 기다리고 있겠다고."

오랫동안 동부 뉴욕에서 정체성을 숨기고 살아왔던 하비는 게이 커뮤니티 안에서 점점 더 활동적인 인물이 되어갔다. 그는 변화를 만드는 방법은 내부로부터 나온다고 믿었기 때문에 1973년 샌프란시스코시의 법령을 만드는 감독위원회 위원 자리에 출마하기로 결심했다. 그리고 출마했다가 낙선했다. 2년 후, 머리를 짧게 자르고 청바지 대신 양복을 입고서 다시 출마했지만 또 낙선했다. 하지만 그는 포기하지 않았다! 선거를 치르면서 하비 안에 불이 붙었던 것이다. 사람들은 모든 사람을 위한 하비의 평등 강령(동성애자뿐만 아니라 샌프란시스코에 살고 있는 모든 소외된 계층을 위한)에 반응을 보였다. 그는 입후보한 것만으로도 이미 변화를 만들어내고 있었다. 그래서 멈추고 싶지 않았다.

하지만 스콧도 같은 마음이라고는 할 수 없었다. 그는 이미 족히 3년을 끌어온 선거운동에 지쳐버렸다. 두 남자의 삶이란 점차 다음 선거를 위한 자금을 대기 위해 카메라 가게에서 쥐꼬리만 한 이윤을 최대한 쥐어짜는 것이 되어버렸다. 그러네이치 빌리지에서 스콧이 만났던 천하 태평한 히피는 사라지고 옆자리에 누워 자는 남자는 이제 정치에 미친 기계로 변한 것이다. 스콧은 이미 각방을 쓰기 시작했고 1975년 선거가 끝나자 집을 떠났다. 하비는 파트너이자 선거사무장을 잃고 말았다.

그다음 해 캘리포니아 선거구가 조정되면서 카스트로가에서도 위원회에 들어갈 위원을 뽑을 수가 있게 되었다. 하비는 마침내 선거에서 이기리라는 걸 알았지만 그래도 힘든 싸움이 될 것이었다. 하비는 선거로 정신없는 와중에도 용케 시간을 내어 귀여운 남자친구 잭 리라를 만났다. 잭은 하비와 만난 지 얼마 지나지 않아 같이 살게 되었고 둘은 연애기간 동안 수백 통의 쪽지를 주고받았다. 스콧은 질투했지만 하비는 그에게 푹 빠져버렸다. 사람들이 하비에게 잭과 무엇을 하느냐고 물을 때마다(사람들은 잭이 퇴폐미가 철철 넘친다고 생각했다) 하비는 그저 눈을 찡긋하면서 섹스가 너무 좋았다고 대답했다.

당선자

하비가 선거에서 상당한 표차로 승리하자 샌프란시스코에서 열린 축하 행사는 그야말로 굉장했다. 하비는 오토바이 뒷자리에 앉아 카스트로 가를 달리면서 지지자들에게 손을 흔들었다. 그는 이 나라에서 처음으로 공직에 당선된 커밍아웃한 게이가 되었다. 시청에 간 첫날 하비는 책을 안고서 시청 계단을 오르면서 말했다.

"여러분은 여기 들러서서 멍청한 시청에다가 벽돌을 던질 수도 있지만 아예 시청을 접수해버릴 수도 있습니다. 자, 그래서 우리가 여기 왔습니다."

그리고 말 그대로 그는 시청을 접수했다. 하비는 취임 첫 달 동안 어마어마한 일을 해냈다. 그의 공약대로 게이만이 아니라 모든 계층을 위한 위원이 되어 싸웠다. 특히 그는 자신은 노인이 될 수 없을 것 같다고 말하면서도(왜냐하면 살해 협박을 받고 있었기 때문에) 노인 계층을 위해 일했다. 예를 들어 길거리의 개똥을 치우지 않으면 벌금을 부과하는 것 같이 모든 사람이 지지할 수 있는 법안을 상정했다. 그리고 퀴어 커뮤니티 안에서 하비는 샌프란시스코는 물론 전국 차원에서도 아주 고무적인 인물이었다. 그는 모든 성소수자들에게 비록 힘들지만 커밍아웃을 하라고, 무엇보다도 희망을 가지라고 격려했다. 그는 샌프란시스코의 동성애자 권리 조례를 확실하게 통과시켰다. 이 조례는 동성애자들이 성정체성을 이유로 직장에서 해고되거나 집에서 쫓겨나는 것을 방지하는 법이었다.

전체 감독위원회 위원 중에서 단 한 명만이 그 조례에 반대표를 던졌다. 그 한 명의 위원은 바로 댄 화이트였다. 댄은 이 도시를 점령한 동성애자들의 영향력 때문에 지역사회에서 밀려나게 된 보수적인 샌프란시스코 집단 중 하나였다. 그는 이런 말을 남겼다.

"변화를 사람들에게 강요할 때는 역효과가 생긴다. 나는 바로 거기서부터 문제가 시작될까 봐 두렵다."

댄은 두려움이 뭔지 알고 있었다. 그 두려움은 이미 그의 마음속에 뿌리를 내린 상황이었다.

암살

조례가 통과된 지 8개월 후인 1978년 11월 27일, 댄은 장전된 38구경 권총과 여분의 총알을 주머니에 넣고 창문을 통해 샌프란시스코 시청으로 들어갔다. 그는 곧바로 시장실로 향했다. 조지 모스콘 시장은 하비의 정치적 동지로 동성애자 권리 조례를 흔쾌히 지지한 사람이었다. 댄은 시장에게 네 발의 총을 쏘아 죽였다. 그리고 조지가 피우던 담배가 실크 넥타이를 태워버리고 있는 동안 시장실을 나섰다.

댄은 이제 건물을 지나 감독위원들의 사무실이 있는 곳으로 가서 하비의 사무실에 멈추어 섰다.

"하비, 잠깐 볼 수 있겠습니까?"

"그러시죠."

하비의 사무실에 들어간 댄은 다시 총을 빼들었다. 그리고 쏘았다. 다시 또 한 발, 또 한 발을. 총알 네 방이 하비의 두개골 아랫부분을 관통했다. 그런 다음 임무를 확실하게 수행하기 위해서 댄은 가까이 다가가 마지막으로 하비의 머리를 쏘았다. 하비는 48세의 나이로 세상을 떠났다.

댄은 사무실에서 나왔다. 그리고 방금 무슨 일이 일어났는지 전혀 모르고 있는 시청 직원에게 아무렇지 않게 고개를 끄덕여 인사하고는 자리를 떴다.

그날 밤, 카스트로가에서 시청까지 촛불을 들고 묵묵히 행진하는 수만 명의 샌프란시스코 주민들 사이에는 스콧도 있었다. 분노할 만한 사건이 일어나면 종종 폭동을 벌이곤 하던 샌프란시스코 성소수자 군중이었지만 그때는 폭력에 아름답고 평화롭게 대응했다.

유산

댄 화이트는 두 명을 살해하고도 겨우 5년형을 선고받았다. 그의 변호인단이 댄이 정크푸드를 먹은 탓에 우울증에 걸렸고 정신적으로 무능해졌기 때문에 계획적인 살인을 저지를 수가 없었다고 성공적으로 변호를 해냈기 때문이다(이것이 바로 그 유명한 '트윙키 정당방어'이다)(트윙키[Twinkie]는 미국의 국민 간식으로 가운데 크림이 든 자그마하고 노란 케이크—옮긴이). 판결이 난 밤, 도시에는 폭동이 일어났다. 시청사의 유리문이 산산조각 나고 경찰차가 열두 대도 넘게 불에 탔다.

그러나 이 암살 사건은 하비의 영향력을 증가시켰을 뿐이었다. 그는 샌프란시스코에서 불과 8년밖에 살지 않았고 감독위원으로 활동한 건 1년도 되지 않았지만 그가 남긴 유산은 수십 년이나 이어졌다. 하비는 국가 차원의 동성애자 권리 운동에 중점을 두면서 샌프란시스코에서 있는 힘껏 일했다. 그는 자신이 매우 대중적이고 외향적인 정치인이라 위험을 달고 다닌다는 점도 잘 알았다. 언제나 자신의 목숨을 노리고 있는 사람이 있음을 잘 알면서도 인권 운동에 계속 집중했다. 그는 암살되기 불과 며칠 전 이런 말을 녹음에 남겼다.

"만약 총알이 내 머리에 박혀야 한다면 나를 죽인 그 총알이 동성애자를 막고 있는 문들까지도 모두 부수게 되기를 바랍니다."

하이파이브를 발명한 게이 메이저리거

글렌 버크

Glenn Burke

1952~1995

1980년 봄 전지훈련 기간이었다. 글렌은 빌리 마틴이 오클랜드 어슬레틱스의 새로운 코치로 온다는 데 무척 흥분했다. 하지만 빌리는 글렌과 같은 감정이 아니었다. 빌리가 보기에 글렌은 팀에 잘못 들어온 타자였으니까.

전지훈련은 시즌이 시작되기 전에 상대적으로 게을러졌던 선수들이 다시 방망이를 휘두르고 공을 던지며 필드를 달리면서 몸을 만드느라 괴로워하는 시기였다. 하지만 에이스 팀이 경기 감각을 익히는 동안 글렌은 게임에서 제외되었다. 어느 날 라커룸에서 그는 빌리가 이렇게 말하는 소리를 들었다.

"내 팀에서 호모새끼는 절대로 뛸 수 없어."

야구 사랑

오클랜드에서 자란 글렌은 독실한 기독교 신자이자 아주 열심히 운동하는 학생이었다. 그는 야구가 아니라 농구를 선택했더라면 쉽게 운동으로 성공할 수 있었을지도 모른다(후에 그는 유일하게 후회하는 것이 있다면 농구를 선택하지 않은 것이라고 말했다). 어린 시절 글렌은 섹스에 전혀 관심이 없었고 모든 에너지를 운동을 통해 풀었다.

오클랜드 어슬레틱스에 입단하기 3년 전인 스물세 살 때, 글렌은 계시를 받았다. 자신이 다른 남자들과는 달리 여자에게 아무런 감정을 느끼지 못하는 데는 분명히 이유가 있다는 사실을 깨달았던 것이다. 그가 생각하기에 누군가에게 반했다는 감정과 비슷한 느낌은 바로 중학교 때 합창단과 연극 동아리 지도교사였던 멘들러 선생님에게서 받은 것이 유일했다. 자신의 성적 정체성을 깨달아버린 글렌은 다니던 중학교로 찾아가 멘들러 선생님을 만났고 자신의 감정을 고백했다. 그 고백으로 글렌은 첫 성관계를 하게 되었다. 그 후 글렌은 생전 처음으로 스스로를 이해하게 되었다는 안도감에 사로잡혀 몇 시간이나 울었다. 세월이 흐르면서 글렌과 멘들러 선생님은 사랑하는 감정 없이 관계를 이어가는 파트너 사이가 되었다.

멘들러 선생님과 다시 만났을 때 글렌은 이미 마이너리그에서 활약 중이었다. 그는 자신의 성적 정체성을 밝히게 된다면 '다시는 야구를 할 수 없는' 위험을 감수해야 한다는 걸 즉시 깨달았다. 그는 아파트에서 나와 YMCA(기독교청년회) 호스텔로 거주지를 옮겼다. 게이를 방으로 데려왔다가 룸메이트들에게 들키면 안 되었기 때문이었다. 그러나 아무리 조심한다 해도 글렌은 자신이 안전해지려면 아주 뛰어난 야구선수가 되어야 한다는 걸 알고 있었다. 선수 명단에서 제일가는 선수가 될 수만 있다면 자신의 비밀이 밝혀진다 하더라도 계속 야구를 할 수 있을지도 모르니까.

빅 리그

1년 뒤인 1976년 글렌은 메이저리그에 올라갔다. 그의 첫 팀은 29년 전 최초의 흑인 프로야구 선수인 재키 로빈슨을 받아들여 인종적 통합을 이룬 것으로 유명한 LA 다저스였다. 글렌 역시 흑인이었기에 이 팀에 들어가서 자신이 문제될 것은 없다고만 생각했지, 자신 때문에 다저스 팀이 다시금 소수자에 대한 관용을 시험받게 되리라고는 전혀 예상하지 못했다.

글렌의 미래는 밝았다. 야구 관계자들 중에서는 그의 무한한 가능성을 언급하는 이들이 몇 있었다. 그는 다저스 팀에서 좋은 활약을 펼쳤고 동료들과도 잘 지냈지만 문제가 하나 있었다. 코치 중 한 명인 토미 라소다가 자기 아들과 글렌이 사이좋게 지내는 걸 좋아하지 않았다. 토미는 부인했지만 그의 아들 스펑키는 자신의 성향을 밝힌 게이였다. 글렌과 스펑키는 겉모습은 정반대였지만 무척 친밀한 사이로 지냈다. 글렌은 신장이 180센티미터 되는 우락부락한 근육질의 남자로 별명이 킹콩이었다. 스펑키는 아주 호리호리하고 머리카락이 백금발이었으며 피부를 구릿빛으로 선탠하는 데 흠뻑 빠진 남자였다. 두 사람은 샌프란시스코의 카스트로가에서 어울리며 토미의 동성애 혐오증을 딱하게 생각하곤 했다. 둘은 모두 유머 감각이 아주 뛰어났다. 한번은 머리를 양갈래로 묶고 토미의 집에서 열린 저녁식사 자리에 나타나기로 했다. 하지만 식사 자리 직전에 결국 장난을 치지 않기로 했는데 글렌은 토미가 어떤 반응을 보일지 너무 잘 알고 있었기 때문이었다.

"토미는 다짜고짜 우리 둘 머리에 총을 쏴버릴 거야. 그런 다음 본인은 심장마비를 일으켜서 죽겠지."

글렌과 스펑키가 그저 술집에서 같이 어울리는 친구이기만 했는지 아니면 그 이상이었는지 글렌은 진실을 말하지 않았다. 하지만 다저스 팀이 스펑키에게 다시는 글렌을 만나지 말라는 조건으로 돈을 지불하면서 둘의 관계는 끝났다. 글렌은 스펑키가 돈에 넘어간 것에 화가 났고 두 사람은 끝까지 화해하지 않았다.

야구장 밖에서는 이런 일이 벌어지고 있었지만 어쨌든 글렌은 언제나 괜찮은 타율과 수비 기록을 보여주는 팀의 든든한 선수였다. 그래서 팀의 단장인 앨 캄파니스에게 불려갔을 때, 글렌은 그 회의 자리에서 1978년 이후를 보장하는 계약이 성사될 거라고 예상했다. 그리고 생각대로 엄청난 제안을 받고서 무척 흥분했지만 그의 기쁨은 어긋나도 한참을 어긋나고 말았다.

앨은 아주 분명하고 간단하게 통보했다. 여자와 결혼하라고. 그렇지 않으면 다저스에서의 경력이 위험해질 거라고. 그는 심지어 결혼하는 조건으로 글렌에게 7만 5천 달러를 제안하면서 이렇게 말했다.

"이 팀에서는 너만 빼고 모두 유부남이야, 글렌. 다저스에 있는 동안 결혼을 하는 선수에게 우리는 재정적으로 도움을 준다고."

음, 물론 그건 거짓말이었다.

글렌은 은밀한 제안을 거부했다. 그리고 다음 시즌, 고령의 선수와 트레이드되어 하위권 팀인 오클랜드 어슬레틱스에 가게 되었다.

비밀이 드러나다

글렌은 메이저리그에서 총 네 시즌을 버텼지만 결국 27세 되던 해 조기 은퇴를 강요당했다. 어슬레틱스의 감독 빌리 마틴 덕분에 예의고 뭐고 없이 아웃팅을 당해버린 글렌은 일찌감치 계약을 해지당하고 방출당했다.

1987년이면 야구 관계자들은 글렌의 성적 성향에 대해 다들 알고 있었다. 하지만 글렌이 게이라는 사실이 대중에게 알려진 건 그가 은퇴한 지 3년이 지난 후였다. 하지만 글렌이 오클랜드 어슬레틱스에서 아웃팅 당했던 것처럼 대중에게 드러난 것 역시 글렌이 직접 한 게 아니었다. 그리고 이번에는 훨씬 더 심한 배신을 당했다.

글렌이 평생을 통틀어 가장 진지한 연애를 했던 상대는 마이클 스미스였다. 그는 아주 강압적인 사람이었고 결국에는 글렌을 이용했다. 1982년, 마이클은 글렌의 허락도 받지 않고 「인사이드 스포츠」 잡지에 '게이 다저스 선수의 이중생활'이라는 제목의 기사를 써서 내보냈다. 기사가 나가자 기자이자 스포츠 캐스터인 브라이언트 검벨은 〈투데이〉 쇼에서 글렌과 인터뷰를 했는데 그것은 미국 전국 방송에 나온 최초의 게이 스포츠 선수 인터뷰였다. 인터뷰 말미에 글렌은 검벨에게 자기가 속한 게이 소프트볼 팀의 모자를 주어 검벨과 시청자들을 무척 놀라게 만들었다.

하이파이브를 발명하다

사람들의 관심이 온통 글렌의 성적 지향에 맞추어져 있어서 자칫 잊기 쉽지만, 글렌은 짧은 야구선수 경력과 커밍아웃 이외에도 아주 커다란 유산을 남겼다. 1977년 10월 2일, 동료들과 함께 하이파이브를 발명한 것이다.

때는 정규 시즌의 마지막 다저스 홈 경기였다. 글렌의 팀 동료 더스티 베이커가 4만 6천여 명의 환호하는 팬들 앞에서 홈런을 쳤다. 글렌은 홈 옆에 서서 한 손을 들고 더스티가 들어오기를 기다리고 있었다. 그때를 회상하며 더스티는 이렇게 말했다.

"글렌의 손이 공중에 올라와 있더라고요. 그러면서 몸을 뒤로 쭉 뻗었지요. 그래서 나도 손을 들고 글렌의 손바닥을 쳤어요. 그래야 할 것 같더라고요."

그 후 글렌은 메이저에 데뷔한 후 첫 홈런을 쳤고 이번에는 더스티가 홈으로 돌아오는 그와 하이파이브를 했다. 이 관습은 다음 해에도 이어져서 처음에는 야구에 퍼졌고 그 후로 모든 스포츠에서 유행이 되었다.

1980년에는 다저스 팀에서 '하이파이브' 도안이 그려진 티셔츠를 판매하기 시작했다. 글렌의 전 파트너였던 마이클은 이것이 게이의 자부심을 상징하는 것이라 주장하며 "두 남자의 손이 맞닿은 유산"이라고 말했다.

끝없는 내리막

안타깝게도 글렌의 이야기는 해피엔딩이 아니다. 그는 코카인에 중독되었고 노숙자로 살거나 감옥에서 시간을 보내는 신세가 되었다. 1993년 에이즈 진단을 받은 후로는 글렌의 누이가 그를 데려와서 죽을 때까지 보살폈다.

글렌은 임종 자리에서 대필 작가에게 회고록을 쓰게 하며 이런 말을 남겼다.

> 이제 마지막 순간이 다가오는 가운데, 나는 현실적으로 좋은 사람으로만 기억되고 싶다. 머릿속에 결코 나쁜 생각을 품지 않으려고 한 남자로, 어떤 상황에서도 언제나 모든 사람과 잘 지내려고 정말로 노력한 남자로, 항상 친구들과 가족을 사랑한 남자로 말이다. 내가 죽은 후 사람들이 나에 대해 뭐라고 말하고 써댈지 모르겠지만 나는 스스로의 삶을 살아온 방식을 후회하지 않았다고 말해주고 싶다. 나는 최선을 다해서 살았다.

9·11의 성자가 된 범성애 신부

마이클 저지

Mychal Judge

1933~2001

2001년 9월 11일의 아침은 맑고 아름다웠다. '마이크 신부'라는 이름으로 통칭되던 마이클 저지는 맨해튼 웨스트 31번가에 있는 자신의 방에 있었다. 그런데 동료 신부가 방에 불쑥 들어오더니 방금 자신이 세계무역센터 북쪽 타워에 비행기가 충돌한 장면을 보았다는 소식을 전하는 게 아닌가.

마이크 신부는 뉴욕 소방청의 사제로 10년 가까이 봉사해 왔다. 그날 아침 신부가 엉망이 된 비극적 사고 현장에 도착했을 때, 루돌프 줄리아니 뉴욕 시장은 이렇게 말했다.

"마이클, 우리를 위해 기도해주십시오."

"항상 기도하고 있습니다."

마이크 신부는 대답하면서 소방관들과 함께 북쪽 타워의 로비로 달려갔다. 군중들 사이로 신부가 쓴 하얀색 뉴욕 소방청 헬멧이 불쑥 솟은 모습이 보였다. 마이크 신부는 화재 현장에 아주 익숙한 사람이었다.

여느 화재 현장이었다면 마이크 신부는 존재만으로도 사람들에게 안심을 줄 수 있었을 것이었다. 하지만 그날 그는 창백한 얼굴로 입을 다물고는 누구와도 눈을 마주치지 않았다. 그저 이리저리 뛰어다니며 기도할 뿐이었다. 매캐한 연기가 코에 가득 들어왔다. 몇 초마다 소름 끼치는 퍽 소리가 들려왔다. 누군가 불타고 있는 위층에서 아래로 뛰어내려 현관 차양에 떨어지는 소리였다. 로비 창문에는 피가 흥건했다. 응급대원들은 북쪽 타워 안으로 들어가야 할지 말아야 할지 갈피를 잡지 못했다. 이미 소방관 한 명이 떨어지는 사람에 맞아서 죽었기 때문이었다.

시장과 관계자들은 사람들을 소개疏開시켰다

"여기에서 피하셔야 합니다, 신부님."

어떤 소방관이 마이크 신부에게 말했지만 그는 고개를 저었다.

"내 일은 아직 안 끝났습니다."

마이크 신부는 멈춰 선 에스컬레이터를 올라 중이층(층과 층 사이에 난 작은 층—옮긴이)으로 올라갔다. 거기에 누군가 도와주어야 할 사람이 있다는 소리를 들었기 때문이다. 창문 밖을 내다보자 한때 사람이었던 시체 덩어리들로 완전히 뒤덮인 광장의 모습이 보였다. 찢어진 옷 조각과 토막 난 몸, 형체를 알아볼 수 없는 신발 등이 있었을 뿐이었다.

마이크 신부는 눈을 감고 소리쳤다.

"예수님, 당장 그만둬 주소서!"

신부의 옆에 있던 유리창에 피가 확 튀었다. 시체가 떨어지면서 길바닥에 부딪혀 몸이 터졌기 때문이었다. 그는 다시 간절히 기도했다.

"예수님, 당장 그만둬 주소서!"

그 말은 마이크 신부가 세상에 남긴 마지막 말이 되었다.

성 프란치스코의 발자취를 따라

마이크 신부의 사망진단서 번호는 DM00001-01번으로 그는 9·11 테러의 첫 공식 사망자가 되었다. 오전 9시 59분 신부가 예수의 이름을 부르고 나서 사망하는 모습을 본 목격자는 아무도 없었다. 게다가 신부의 시신에는 건물 잔해에 맞아 입은 외상이 전혀 보이지 않았다. 끔찍한 광경이 멈추지 않고 일어나는 상황을 목격하고 너무나 두려운 나머지 사망했을 거란 추측만이 가능할 뿐이다.

마이크 신부는 어릴 적부터 나중에 커서 신부가 되고 싶다고 말하며 사제가 되기를 바랐다. 그는 아일랜드 이민자의 아들로 로버트 에밋 저지라는 이름으로 브루클린에서 자랐다. 나중에는 사제명으로 마이클(Michael)을 선택한 다음 철자를 Mychal로 바꾸어 다른 '마이클 신부'들과 차별화를 두었다.

프란치스코회 수사가 되는 길은 쉽지 않았다. 수도회에 들어가려면 몇 년에 걸친 공부와 헌신, 은둔의 삶을 보내야 한다. 마이크 신부는 성공하여 사제 서품을 받았고 이 과정을 거치며 자신이 남자에게 끌린다는 사실을 알았다. 그 성향은 평생 지속되었다. 하지만 독신의 삶을 선택했다는 건 자신의 감정대로 행동하면 안 된다는 것을 의미했고 신부는 그게 최선이라고 여겼다. 자신의 개인적인 성향을 따른다면 도와주어야 할 사람들을 도우려는 자신의 소명을 제대로 이행하지 못할 거라고 생각했기 때문이다. 신부는 함께 공부하는 형제들에게 반한 적이 있었지만 본인이 아는 한 그런 감정은 자신만의 것이었다. 마이크 신부는 자신의 욕망을 부정하는 걸 희생이라고 생각하지 않고 오히려 하느님의 일을 더욱 잘할 수 있는 방법이라고 보았다. 타인을 섬기겠다고 서원했지만 결국은 서원을 어기고 배우자나 아이를 우선으로 삼게 된 몇몇 사람들과 달리 마이크 신부는 기독교인의 본분에 따라 '이방인을 환대하는' 삶에 헌신했다.

수도자의 삶을 살아가려면 청빈 서원을 해야 한다. 마이크 신부는 가난을 기꺼이 받아들였다. 누군가 스웨터를 신부에게 선물하면 다음날 노숙자가 그 옷을 입고 있었다. 하지만 제아무리 성직자라 해도 신부의 삶은 전혀 조용하지 않았다. 뉴저지와 뉴욕에서 사제로 살아가다보면 성당의 종소리보다 사이렌 소리를 자주 듣는 삶을 살게 마련이다. 신부는 도시 안팎을 돌아다니며 자신이 필요한 곳이라면 어디든지 응급구조 요원을 따라갔다.

한번은 어떤 남자가 건물 2층에서 자신의 아내와 아이들에게 총구를 겨누는 인질극 현장에 간 적도 있었다. 마이크 신부는 창문 밖에 있는 사다리를 한 손으로 잡고 매달려 남자에게 다가갔다. 다른 한 손으로는 갈색 프란치스코회 수도복 자락을 쥔 채로 미끄러지지 않으려고 안간힘을 쐈다. 모여든 구경꾼들은 누군가 하나가 죽어나갈 거라고 생각했다. 총을 맞지 않으면 떨어질 거라고 그들은 확신했다. 하지만 신부는 침착한 자세로 남자에게 계속 말했다. 이 상황을 해결할 방법이 분명히 있을 것이라고, 당신도 정말로 이러고 싶은 건 아니지 않냐고.

"당신은 좋은 사람입니다. 이러지 말고 아래층으로 내려와서 커피 한 잔 들면 어떻겠어요?"

신부의 설득은 통했다. 남자는 총을 내려놓았고 다친 이는 아무도 없었다.

모든 성적 지향이 다 있는 사람

언젠가 마이크 신부는 한 친구에게 말한 적이 있었다. 자신은 모든 성적 지향을 다 가지고 있어서 하느님이 만드신 성인들에게 모두 끌린다고 말이다. 신부와 같이 있던 게이들은 신부가 게이라고 생각했고 같이 있던 이성애자들은 신부가 이성애자라고 생각했다. 1990년대에 신부는 알 알바라도라는 필리핀 출신 간호사와 가까운 관계로 지냈다. 마이크 신부는 처음부터 앨에게 자신은 그리스도와 결혼한 사이인 사제라는 걸 분명히 밝혔고 그래서 둘의 관계는 절대로 육체관계까지 이어지지 않았다. 심지어 정신적인 교감을 주고받을 때에도 신부는 앨과 어느 정도 거리를 분명하게 지켜서 신부의 관심은 언제나 자신이 섬기는 사람들에게 맞추어져 있었다. 앨은 자신이 마이크 신부의 가장 소중한 사랑이 될 수 없으리라는 사실을 알면서도 이 관계를 그만둘 수가 없었다. 한때 그는 "나의 라이벌은 하느님입니다"라는 말을 했다고 한다.

성소수자와 천주교 사이의 관계는… 뭐랄까, 마이크 신부가 사는 동안은 '긴장관계'였다. 천주교에서는 동성애자들을 죄인으로 규정했으니 무슨 말을 더 하겠는가? 하지만 스톤월 항쟁의 여파로 1970년대에 기도와 변호에 초점을 맞춘 전국 천주교 성소수자 모임인 디그니티(Dignity)를 창설하려는 움직임이 일자 마이크 신부 역시 동참했다. 많은 성직자들은 거부했지만, 신부는 성소수자들을 보살피기도 했다. 하지만 신부의 사명은 성소수자만이 아니라 일반 대중에게도 있었고 특히 노숙자들을 신실하게 보살폈다.

1986년 바티칸이 동성애를 '본질적인 도덕적 해악'으로 규정하는 성명서를 내자 긴장은 더욱 심해졌다. 디그니티 모임은 더 이상 교회에서 열릴 수가 없었다. 마이크 신부는 교단 내부에서 게이의 권리를 옹호하려다가 따돌림을 받는 동료 게이 사제를 위로하며 이렇게 말했다고 한다.

"저들은 예수님께도 같은 짓을 저질렀지요."

'게이 관련 면역 결핍증'

1980년대에 들어서자 마이크 신부는 또 다른 소외된 집단을 섬기게 되었다. 바로 에이즈 전염병이 미국을 강타한 것이다. 이들 환자에 대해 정보가 부족한 상황에서 대중은 히스테리를 일으켰다.

간호사들은 후천성면역결핍증 환자들에게 전염될까 두려워한 나머지 환자 병실에 식사를 들이려 하지 않았다. 그리고 고인의 장례를 치러야 하는 곳에서는 대부분 에이즈로 사망한 사람의 장례 집전을 거부하는 사태가 일어났다. 마이크 신부는 31번가에 성 프란치스코회 에이즈 선교부를 세우고 자원봉사자들을 동원했다. 그는 에이즈에 걸린 환자들을 직접 만지고 이야기를 나누었는데 당시 이러는 사람은 극히 드물었다. 신부가 에이즈로 사망한 사람들을 위한 추모 미사를 집전할 뿐만 아니라 아주 숙련된 종교인이라는 소문이 돌자 신부를 찾는 곳이 많아져 주 경계 너머까지 가야 할 때도 있었다.

뉴욕 소방청의 담당 사제가 된 것은 일종의 조정이었다. 동성애 혐오자들이라고 여겨지는 마초 소방관들과 일하는 건 죽어가는 성소수자를 품에 안고 위로하는 것과는 아주 다른 일이었다. 하지만 신부는 새로운 환경에서도 금방 사랑받는 존재가 되었고 신앙적 조언이 필요한 때라면 화재 현장이든 병실이든 상관없이 언제나 나타나곤 했다. 신부는 성 패트릭 데이(아일랜드에 가톨릭을 전파한 성 패트릭의 축일—옮긴이) 퍼레이드에도 소방관들과 함께 행진했다. 비록 퍼레이드에 아일랜드 레즈비언과 게이 협회가 참가 금지를 당해서 항의하긴 했지만 말이다.

피안에서 기다리는 분

마이클 더피 신부가 마이크 신부의 장례 미사 강론을 맡았다. 성당에는 빌 클린턴과 힐러리, 첼시 등을 비롯한 조객들이 가득 찼다. 힐러리 클린턴은 마이크 신부가 백악관의 초대를 받은 식사 자리에서 조찬 기도를 했을 때 "백악관을 밝혀주셨다"고 회상했다. 더피 신부는 마이크 신부가 어째서 그날 공식 사망자 1호가 됐는지 나름의 추론을 했다.

> 그날 밤 소방청장은 200명에서 300명에 이르는 소방관들이 그곳에 묻혀 있다고 우리에게 말했습니다. 마이클 저지는 그들 모두에게 성사를 할 수가 없었지요. 현세에서는 물리적으로 불가능한 일이었지만 저세상에서는 아닐 터였습니다. 그래서 저는 생각했습니다. 만약 마이크 신부가 선택할 수 있었다면, 저세상에 가는 편을 선택했을 거라고요. 그리고 실제로 그렇게 되었던 것입니다. 그분은 이 세상을 떠나 삶의 피안으로 갔고 이제는 온 마음을 다해 하고자 했던 일을 계속할 수 있게 되었습니다. 앞으로 몇 주간 우리는 이 잔해에서 나올 사람들의 이름을 계속 보게 될 것입니다. 그리고 마이클 저지는 죽음의 저편에 서서… 그들을 맞이해줄 겁니다.

아메리칸 드림을 뛰어넘은 게이 배우

조지 타케이

George Takei

1937~

조지는 TV에 나오는 자신의 모습을 보는 게 익숙한 사람이었다. 특히 〈스타 트렉〉의 정직하고 명예로운 술루 대위의 이미지는 유명했다. 하지만 2005년 9월의 어느 날 밤, TV에서 시위대를 보게 된 조지는 자신이 맡아야 할 더욱 중요한 배역이 있음을 깨달았다. 그건 평생 무의식적으로 준비해왔던 역할이었다.

조지는 소파 옆자리에 앉은 남자를 바라보았다. 그는 18년 동안 자신의 숨겨 둔 파트너였다. TV 화면에는 "슈워제네거 주지사, 캘리포니아 동성 결혼 법안에 거부권 행사"라는 자막이 흘러갔다. 터미네이터로 유명하신 슈워제네거가 주지사 선거운동 기간 때만 해도 자신에게 동성애자 친구들이 있으며 그래서 동성애 문제에 우호적일 거라고 말한 후라서 그 뉴스를 듣자 마치 뺨을 맞은 것만 같았다. 캘리포니아주 의회가 동성 결혼 입법안을 통과시켰지만 터미네이터에서 정치인으로 변신한 슈워제네거는 그 표결 결과를 존중하지 않기로 일방적인 결정을 내렸다. 동성 결혼은 미국에서 불과 2년 전 전국적으로 금지되었고 동성애자들의 동등한 결혼을 위한 노력은 고비마다 저항에 부딪히는 형편이었다.

조지는 로스앤젤레스 거리로 쏟아져 나오는 시위대의 영상을 보면서 수십 년 전 마틴 루터 킹 주니어와 함께 행진했던 마음을 떠올렸다. 자유롭게 행진하면서 모두를 위한 평등을 요구하고, 시위를 저지하러 나온 이들과 경찰을 지나쳐 용감하게 퍼레이드를 진행하며 정의의 편에 서있다는 확신에 찼던 그때. 그때야말로 자신이 미국인이라는 사실, 살아있다는 사실을 느꼈다.

조지는 인권을 위한 투쟁에서 자신의 역할이 얼마나 중요한지 따져보았다. 그는 오랜 세월 성정체성을 숨기고 살았지만, 이제는 시위대와 함께 거리에 섰다. 예순여섯 살인 조지는 더 이상 조용한 방관자가 될 수 없다고 마음 먹었다. 슈워제네거의 거부권 때문에 그의 피가 끓어올랐다. 이제는 자신이 쌓아온 모든 것을 잃어버릴 위험을 감수하고서라도 자신의 정체성을 낱낱이 세상에 드러낼 때였다. 그날 밤, 조지와 그의 연인 브래드는 공식적으로 커밍아웃하기로 했다.

등록번호 12832-C

미국 정부는 예전에도 조지에게 해를 끼친 적이 있었다. 특히 조지의 정체성에 큰 상처를 주었다. 미국에서 태어나 로스앤젤레스에서 살아가던 미국 시민인 조지가 불과 네 살 때, 군인들이 총을 들고 집으로 찾아왔다. 이건 실화다. '총'을 든 '군인들'이 '로스앤젤레스'에 사는 '미국 시민'인 조지의 가족에게 찾아온 것이다. 군인들은 타케이 가족에게 집이며 돈, 소유물을 모두 남겨 두고 나오라고 강요했다. 조지와 부모, 형제 자매들은 숫자가 박힌 신분증을 꼬리표처럼 달고 다른 일본계 미국인들과 함께 딱딱한 나무 의자가 설치된 기차에 다닥다닥 실렸다. 이건 모두 프랭클린 D. 루스벨트 대통령의 명령이었다.

그들은 아무런 혐의가 없었고, 재판도 받지 않았다. 그런데도 다른 시민들과 함께 체포되어 강제수용소에 끌려갔다. 조지의 유일한 죄목이라면 직전 1941년에 진주만을 공습한 일본 군인들과 생김새가 비슷하다는 것뿐이었다. 제2차 세계대전에서 미국이 일본에 선전포고했을 당시, 미 정부는 서부 해안에 부유한 일본계 미국인들이 너무 많이 산다는 사실을 불안하게 생각했다. 국가 안보를 지키는 유일한 방법은 전쟁이 끝날 때까지 그들을 모두 수용소에 가두는 것뿐이라고 보았다. 그래서 대통령의 행정명령을 받은 정부는 바로 실행에 옮겼다. 10만 명이 넘는 사람들을 '실제로 감금'한 것이다.

조지가 탄 기차는 몇백 킬로미터를 달려 사막을 지나 아칸소주의 늪지대에 도착했다. 조지의 부모님은 세 아이에게 이 여행이 "시골에서 보내는 아주 긴 여행"이라며 지금 모험을 떠나는 것이라고 속였다. 조지의 가족은 그 후 3년을 수용소에서 보냈다. 구내식당에서 주는 형편없는 음식을 먹고 밤에 공동화장실에 갈 때는 감시탑에 선 경비병의 스포트라이트를 받았다. 그러면서도 철조망 울타리 앞에 서서 우습게도 흔들리는 국기를 보면서 국기에 대한 맹세를 읊어야 했다. 이 모든 부당한 처사를 어린 조지는 이해하지 못했다. 다만 자신 앞에 닥친 삶이 무엇이든 순응하면서 이게 사실은 무슨 뜻인지 전혀 이해하지 못하며 살았을 뿐이다.

1945년에 제2차 세계대전이 끝나고 그들은 수용소에서 풀려났지만 그 후의 삶은 수용소의 삶보다 더욱 무서웠다. 미국에는 반일 광풍이 최고조로 일고 있었다. 돌아갈 곳이 없어진 타케이 가족은 몇 년 전 강제로 끌려갔던 기차역에 내려진 후로 밑바닥부터 다시 출발할 수밖에 없었다. 그들은 스키드 로에 살다가 곧 로스앤젤레스 동부의 히스패닉 구역으로 이사했다. 이들을 고용해 주는 사람은 다른 아시아인들밖에 없었기 때문에 조지의 아버지는 중국 식당에서 접시닦이 일을 시작했다. 결국 타케이 부부는 다시 차근차근 돈을 모으기 시작했고 조지와 형제자매들은 대학에 갈 수 있었다.

일본계 미국인으로 살아가는 조지의 삶에는 참 많은 차별이 일어났다. 그렇지 않아도 차별을 받아야 하는 삶이라 조지는 다른 면에서까지 두드러진 모습을 드러내어 차별받고 싶지 않았다. 그는 학교에 잘 적응하는 학생이 되려고 노력했지만 운명의 여신은 다른 계획을 품고 있었다. 박해를 받은 개인사 때문에 조지는 남들과 같은 모습으로 살아가는 게 얼마나 중요한지 알고 있었던 것이다. 하지만 그는 남들과 달랐고 제아무리 스스로에게 거짓말을 해봤자 그 사실은 변하지 않았다.

배역을 따다

조지는 샌프란시스코에서 대학 1학년이 되었을 때 자신의 정체성에 대해 중대한 발견을 했다. 그 중요한 발견이란 건 모두가 예상하듯 성정체성에 대한 것은 아니었다. 부모님이 바라던 대로 건축학을 전공하여 집안의 가업을 잇겠다는 마음으로 조지는 열심히 노력했지만 그의 마음은 사실 다른 데 있었다. 그는 자신이 배우가 되고 싶어한다는 걸 깨달았다.

조지는 아버지에게 자신의 진짜 야심을 털어놓았다. 그런데 조지가 예상했던 것보다 아버지인 타케이 씨는 그 말을 잘 받아주었다. 물론 아들이 불안정한 직업을 가진다는 걸 썩 달가워하지는 않았지만 말이다. 1950년대에서 60년대에는 아시아계 미국인들에게 배역이 잘 주어지지 않았지만 조지는 즉시 배역을 따내기 시작했다.

그러면서 프랭크 시나트라와 같은 배우들과 영화에 출연한 경력도 쌓아갔지만 조지가 확 뜬 건 1965년 〈스타 트렉〉에서였다. 정규 편성된 TV 드라마에 출연하게 되었으니 안정적인 수입이 들어왔다. 더욱 좋았던 건 술루 대위라는 배역은 이제껏 아시아계 미국인이 맡아온 적 없었던 대담한 역할이었다는 점이다.

극중 등장하는 '엔터프라이즈호'는 '지구라는 우주선'을 나타내는 은유였고, 통합이 논란이 된 시기에 우주선의 승무원들은 인종이 다양했다. 조지는 일개 군인이나 하인이 아니라 항해사이자 엘리트 팀의 존경

받는 일원이라는 역할을 맡았다. 그 후로 드라마 세 시즌과 여섯 편의 영화를 찍으며 조지는 진정한 〈스타 트렉〉의 영웅이 되었지만 여전히 완벽하게 자신의 성향을 숨기고 살았다.

최일선의 선구자

조지는 어렸을 때부터 여자애들에게 '느꼈어야 할' 감정을 남자에게 느낀다는 사실을 알고 있었다. 그리고 연기 생활을 계속하려면 자신의 성정체성을 숨겨야 한다는 것도 잘 알고 있었다. 조지의 인생에서 많은 시기 동안 미국에서 동성애자로 산다는 것은 아예 불법이었다. 그의 동료 시민들(미국 땅에 강제수용소가 생기도록 내버려 둔 바로 그 동료 시민들) 대다수는 동성애를 그릇된 것이라 여겼다. 2010년대 이전에 커밍아웃을 했다면 조지는 연기 경력을 망침은 물론 감옥살이를 비롯하여 심각한 결과를 감수해야 했을 것이다.

조지는 1980년대에 달리기 모임에서 브래드를 만났고 두 남자는 서로의 정체성을 밝히지 말고 살아야 한다는 데 동의했다. 그들은 에이즈가 창궐할 동안 행진에 참여했지만 자신은 그저 동성애자들과 뜻을 함께하는 이성애자라고만 말했다. 심지어 1990년 하워드 스턴이 진행하는 라디오 방송에 출연한 조지는 선을 넘는 농담도 불사했다. 사회자인 스턴이 조지의 낮은 목소리가 매력적이라고 평하자 그에게 농담으로 '호모'냐고 물었던 것이다. 그리고 스턴이 똑같은 질문을 조지에게 던지자 그는 "아,

절대, 절대, 절대로 아닙니다"라고 대꾸했다.

그 후 15년이 지나서 캘리포니아가 미국에서 두 번째로 동성애자 결혼을 허용하는 주가 될 기로에 섰을 때 슈워제네거는 그 꿈을 깨버렸다. 조지와 브래드는 역치를 넘어서고 말았다. 조지는 「프론티어」지와 인터뷰를 하며 커밍아웃을 했고 이후 3년간 두 사람은 다양한 토크쇼에 연달아 출연하여 동성애 혐오자들과 토론하고 자신들의 관계를 옹호했다. 이 투쟁은 결국 2008년 캘리포니아에서 아주 잠깐 동안 동성 결혼이 합법화되었을 때 두 사람이 결혼함으로써 기쁨의 정점을 찍었다. 하지만 아슬아슬한 투표 결과 그 권리는 다시 박탈되었고 2013년이 되어서야 주 최고법원이 동성 간의 결혼을 영구히 보장하게 되었다.

브래드 앨트먼이 브래드 타케이가 되던 날, 그는 결혼 서약을 하며 이렇게 말했다.

"우리는 21년을 넘는 세월을 함께 보냈습니다. 나는 당신을 많은 호칭으로 불렀지요. 인생의 파트너이자, 특별한 사람, 평생의 동지, 또 연인으로…. 하지만 오늘부터는 나의 꿈이 실현되었습니다. 나는 이제 그 호칭의 목록에 '나의 남편'이라는 말을 더하게 되었습니다."

〈스타 트렉〉에 함께 출연했던 스타들이 두 사람의 들러리로 함께 선 가운데 하얀 턱시도를 맞춰 입은 두 남자는 기쁨으로 환하게 웃었다. 동성애자이자 일본계 미국인, 그리고 그 공동체들과 다른 모든 이들을 위한 사회 정의 운동가로 선 조지는 이제 자신의 모습을 숨기지 않고 낱낱이 온전하게 드러내었다. 현재 조지는 자신의 위치를 사용하여 사람들을 웃기면서도 세상에 널린 불의와 맞서 싸우는 인물로서 겁 없이 대담하게 목소리를 높이는 대중적 인물이 되었다.

뒤돌아보기, 전진하기

이들 스물세 명의 퀴어들이 이토록 생생하고 치열한 다양성을 보여주며 살았다는 점은 한편으로 참 대단하면서도 또 한편으로는 그리 놀랍지 않기도 하다. 이러한 다양성이야말로 퀴어들이 언제나 공통적으로 품어온 유일한 가치이며, 이 사회의 기대와 확연히 다른 우리의 독특한 개성과 정확하게 연결되는 지점이다.

성소수자들은 우리가 학교에서 배우는 세상 여러 사람만큼이나 우리의 세상 이야기에 실재하고 세상을 연결하여 이루고있는 존재들이다. 퀴어라는 개념 자체가 역사의 시작부터 존재했다는 사실을 우리가 말하고 주장하는 것은 중요하다. 아직도 이 세상 많은 사람의 역사관에서는 성소수자란 금방 떠오르지 않는 존재이기 때문이다. 우리가 이 책에서 다룬 사람들을 전부 생각해보자. 어떤 사람들은 스스로를 성소수자라고 생각하지 않는 완전한 반항아였지만 또 어떤 사람들은 만약 시간 여행이 가능했더라면 서로 만나서 아주 친하게 지냈을지도 모른다. 크리스티나 여왕과 후아나를 생각해 보자. 두 사람 모두 높은 수준의 교육을 받은 여성들이고 스스로를 완전히 여성이라고 생각하지 않았다는 공통점이 있다. 두 사람이 서로 대화하는 모습이 그려지지 않는가? 아니면 엘라가발루스와 에이브러햄 링컨은 어떤가? 둘이서 나라를 다스리는 것과 사생활을 즐기는 것을 어떻게 균형 있게 해나갈까 서로 반대 의견을 내며 이야기하는 모습이 상상이 되는가? 잔 다르크와 베이어드, 실비아가 만났다면 어떻게 혁명을 이끌 것인가 심각한 토론을 했을 수도 있다. 요제프는 영국 해협을 사이에 두고 살던 앨런이 열심히 연구한 덕택에 자신이 플로센뷔르크에서 강제노동을 하며 지내던 시절이 줄어들었다는 사실을 모르고 있었다. 호세가 수십 년 전에 선거에 출마하지 않았더라면 하비가 시 감독위원 선거에서 이길 수 있었을지 아무도 모르는 일이다. 그들은 서로에게 은혜를 입었고 우리는 그들 모두에게 은혜를 입었다.

하지만 오늘날까지 이토록 많은 실마리를 찾아왔음에도 퀴어 커뮤니티가 여전히 역사에서 자취를 찾기 위한 수많은 싸움을 벌이고 있음은 의심의 여지가 없다. 거절당하는 두려움, 신체에 가해지는 폭력, 처형, 전향 치료를 비롯한 수많은 두려움이 오늘을 살아가는 수백만 명의 성소수자들에게 여전히 남아있다. 미국과 영국 같은 나라에서도 트랜스젠더들을 비롯하여 퀴어 커뮤니티에서도 소외된 이들은 아직도 기본적인 권리와 안전권을 위해 투쟁하고 있다. 게다가 제아무리 안전한 환경에 있다 하더라도 커밍아웃하기란 여전히 두려운 과정이다. 아직도 이뤄야 할 과정이 참 많이 남아있다는 점을 생각하면 아찔해지기도 하지만, 우리가 이 현실을 '오랜 역사'의 맥락에서 바라보면 어떨까? 우리는 수백 년 동안 올바른 방향으로 나아가고 있으며 성소수자들은 언제나 상상도 못할 일들을 이루어냈다는 걸 알 수 있다. 우리는 성소수자들의 권리를 획득할 수 있다는 걸 안다. 그 권리가 전부터 어떻게 쟁취되었는지 역사가 다 보여주기 때문이다. 그리고 주변에서 무슨 일이 일어나더라도 우리는 살아남고 번영하리라는 사실 역시 우리는 알고 있다.

결국, 이 책에 나온 스물세 명의 놀라운 사람들이 주는 교훈이란 바로 이것이다. 성소수자라면 이렇게 살면 안 돼, 라는 법은 없다. 누군가는 저자세일 수도 있고, 누군가는 아주 화려하고 멋질 수도 있다. 누군가는 아주 자그마한 서체로 주디스 버틀러의 명언이 적혀있는 대단히 복잡한 디자인의 셔츠를 입고 다니기만 할 수도 있다. 누군가는 공식적으로 커밍아웃하고 동등한 권리를 위해서 인권 운동에 투신할 수도 있지만 또 누군가는 자신의 정체성을 드러내지 않은 채로 살면서 자신의 열정을 추구할 수도 있다. 이 모든 이야기는 독창성과 용기, 사랑으로 무언가를 이뤄낸 사람들의 이야기이다. 그들이 이뤄낸 일이 무엇이든, 어떤 방식으로 이루어냈든 중요치 않다. 이 모든 변화된 삶에서 볼 수 있듯, 그리고 그들의 이야기를 읽으며 오늘날을 살아가는 우리가 받게 된 영향에서 알 수 있듯, 어떻게 살아가고 싶은가란 생각이야말로 지금 바로 중요한 것이다. 왜냐하면 내가 살아간다는 오롯한 사실만으로 이 세상이 더욱 빛나기 때문이다.

용감하게 살자.

용어 설명

간성(intersex)

신체적 특징(염색체, 호르몬, 외부 생식기관과 내부 생식기관 등)의 조합이 남성 혹은 여성 하나에만 해당하지 않는 사람을 뜻한다. '간성'이라는 말이 있기 전에는 '허매프러다이트(hermaphrodite, 헤르마프로디테)'라는 용어가 있었으나, 현재 그 말은 비속어로 여겨질 때가 많다. 릴리 엘베는 고환과 난소를 모두 가지고 태어났으므로 간성이었다.

게이(gay)

글렌 버크나 조지 타케이처럼 생물학적 성 혹은 사회적 성(젠더)이 같은 사람에게만 끌림을 느끼는 사람을 뜻한다. 전통적으로 이 용어는 남성에게 끌리는 남성을 가리키는 말이었지만 여성에게 끌리는 여성을 가리키는 말로도 쓰인다. 때로 이성애자와는 반대되는 정체성을 가진 사람들을 모두 일컫는 포괄적인 말로 쓰이기도 한다.

남색(sodomy), 남색자(sodomite)

항문성교나 구강성교를 뜻한다. '동성애'라는 말이 없었던 중세에 동성애 행위를 일컬을 때 주로 쓰던 말이다. 오늘날까지도 동성애 행위는 많은 나라에서 범죄로 여겨진다. '남색자'는 남색을 저지르는 사람을 뜻한다.

내밀한 친구(intimate friends)

18세기와 19세기를 거쳐 20세기 초반까지 생물학적 성이나 젠더가 같은 두 사람 사이의 친밀감이 일반적인 우정보다 더 큰 수준일 때의 관계를 가리키는 말이었다. 예를 들어, 평생 동안 파트너로 함께 살면서 서로에 대한 사랑을 공언하는 관계가 이에 해당한다. 에이브러햄 링컨과 조슈아 스피드의 관계, 엘리너 루스벨트와 로레나 히콕의 관계가 대표적인 내밀한 친구라 할 수 있다.

논바이너리(nonbinary)

'젠더퀴어'와 유사한 용어로, 남성과 여성만이 아닌 젠더 정체성을 포괄적으로 일컫는 말이다.

동성애자(homosexual), 동성애(homosexuality)

요제프 코호우트나 하비 밀크처럼 생물학적 성이나 젠더가 같은 이들에게만 끌리는 것을 뜻한다. 원래는 게이인 사람들을 지칭하기 위해 만든 말이었으나, 현대에는 비하의 의미를 담게 되었다. 이 용어는 1869년 독일의 소책자를 통해 처음으로 널리 알려졌다.

레즈비언(lesbian)

여성에게만 끌림을 느끼는 여성을 뜻한다. 델 마틴과 필리스 라이언은 레즈비언으로 규정된다.

무성애(asexual)

성적 끌림을 경험하지 못하거나 아주 드물게 경험하는 것이다. 줄여서 '에이스(ace)'라고도 한다. 이것은 로맨스적인 끌림을 경험하지 않는(혹은 아주 드물게 경험하는) '무로맨틱(aromantic)'과는 다른 개념임을 알아두자. 여기 나오는 많은 성향과 마찬가지로 무성애와 무로맨틱 역시 성향에는 정도의 차이가 있다. 크리스티나 바사와 엘리너 루스벨트는 오늘날의 기준으로 보자면 무성애에 해당할 수 있다.

성전환 수술(sex reassignment surgery)

음경, 유방, 질 등을 만들거나 제거하는 식으로 사람의 신체를 해부학적으로 남성에서 여성(m2f), 또는 여성에서 남성(f2m)으로 바꾸는 수술을 가리키는 의학 용어다. 오늘날에는 '성확정 수술(gender affirmation surgery)'이라는 용어를 더 좋은 말로 여길 때가 많다. 모든 트랜스젠더들이 성전환 수술을 받기를 원하는 것은 아니다. 자신이 어떤 몸을 가졌는지와 상관없이 사람의 성별을 규정하는 것은 성정체성이기 때문이다.

시스젠더(cisgender)

태어날 때 주어진 생물학적 성과 스스로가 느끼는 젠더 정체성이 일치하는 사람이다. 예를 들어 의사가 "아들입니다!"라고 선언했고, 그 아이가 자라서 스스로의 내면이 남자라고 느끼면 바로 시스젠더인 것이다. 반대 개념은 트랜스젠더다. 에이브러햄 링컨, 엘리너 루스벨트, 요제프 코호우트, 하비 밀크는 시스젠더라고 볼 수 있다.

양성애(bisexual)

성별이 같은 사람과 다른 사람 모두에게 끌림을 느끼는 것이다. 그 끌림이 반드시 남녀 모두에게 고루 나타나는 것만도 아니며 남성이나 여성 한쪽에만 끌려야 하는 것도 아니다. 줄여서 '바이(bi)'라고도 한다. 이 용어가 현대적으로 처음 쓰인 것은 1886년 독일어 책 『성적 사이코패스(Psychopathia sexualis)』에서였다. 크리스티나 바사, 마 레이니, 프리다 칼로와 실비아 리베라를 비롯하여 이 책에 등장한 많은 사람들은 스스로를 양성애자에 가깝다고 여겼을 것이다.

이성애자(heterosexual), 이성애(heterosexuality)

생물학적 성이나 젠더가 다른 이들에게만 끌리는 것을 뜻한다. 간단하게 말해서 게이가 아닌 사람이다. '이성애자'라는 용어는 1923년까지는 사전에 올라있지 않았다. 이 용어는 1860년대에 만들어진 '동성애'라는 용어에 반대되는 용어로 만들어졌다.

전환 치료(conversion therapy)

성소수자를 '치료'한다거나 변화시켜서 이성애자나 시스젠더로 만들려고 하는 온갖 치료법을 뜻한다. 하지만 이에 성공한 치료법은 없으며 합법적인가 여부도 불확실하다. 과거 수십 년 동안 이루어진 조치들은 전기충격 치료('충격 요법')처럼 아주 극단적이었지만 현재 미국에서는 보통 심리 상담으로 이루어진다.

젠더(gender), **젠더 정체성**(gender identity)

어떤 사람이 자신의 내적 정체성을 뭐라고 파악하는가를 뜻한다(예를 들어 남자, 여자, 젠더퀴어 등). 생물학적으로 주어진 '성(sex, 예를 들어 남성, 여성, 간성 등)'과는 다르다. 생물학적인 성은 생식기와 염색체와 같은 신체적이고 유전적인 특징을 의미한다.

젠더 불일치(gender dysphoria, 젠더 디스포리아)

태어났을 때의 성별과 스스로가 파악하는 자신의 내적 성정체성이 일치하지 않는 사람을 가리키는 진단명이다. 이 용어는 2013년에 미국의 『정신질환 진단 및 통계 편람(Diagnostic and Statistical Manual of Mental Disorders)』에 수록된 '성정체성 장애'라는 용어를 대체하며 등장했다. 기존 용어가 트랜스젠더인 이들을 '정신 이상' 내지는 '지적 장애'로 낙인찍는 상황을 피하기 위한 노력이었다. 새로 바뀐 '젠더 불일치'라는 용어는 개인의 성정체성이 자신에게 주어진 생물학적 성이나 습득된 사회학적 성과 일치하지 않는 경우 겪게 되는 괴로움을 지칭하는 문화적 용어다.

젠더퀴어(genderqueer)

남성 혹은 여성으로 규정되지 않는 사람들의 성정체성을 가리키는 말이다. 이 용어는 1990년대에 등장했다. 이 말은 이분법적이지 않은 성별 정체성을 가진 사람들을 모두 일컫는 포괄적인 말로 쓰이기도 한다. 크리스티나 바사와 메르세데스 데 아코스타가 현대에 살아있다면 스스로를 젠더퀴어라고 규정했을 수도 있다.

퀴어(queer)

오늘날 이성애자나 시스젠더가 아닌 사람들을 모두 지칭하는 용어로 사용되고 있다(또한 비이성애자들만을 가리킬 때도 종종 있기 때문에, 그런 경우 모든 성소수자들을 지칭하려면 '퀴어와 트랜스젠더'라고 말하면 된다). 원래는 게이를 경멸하는 비하적 표현이었다가 1990년대에 재정의되어 쓰이고 있다. 물론 아직도 모욕적으로 볼 수 있는 여지가 있어 논란이 되기도 한다. 이 책에서 퀴어라는 용어를 쓴 것은 이성애자나 시스젠더와 같은 현대적인 개념에 완전히 들어맞지 않는 정체성을 표현하기 위해서다. 비록

이 책에 등장하는 인물들이 자신의 정체성을 '퀴어'라고 규정하지 않았거나 그 인물의 생전에 젠더 정체성을 알려주는 용어가 존재하지 않았다 하더라도 퀴어라는 용어를 썼음을 밝힌다.

퀸(queen), **드래그 퀸**(drag queen)

'드래그 퀸'과 '퀸'은 '트랜스젠더'라는 단어가 존재하기 전에 트랜스젠더 여성을 지칭하는 말로 '크로스드레서'와 더불어 일반적으로 사용된 용어다. 하지만 오늘날에는 트랜스젠더 여성을 뜻하지는 않게 되었다. '드래그 퀸'은 호세 사리아같이 공연할 때 여자로 분장하는 남자를 일컫는 말로 여전히 사용되고 있다. 하지만 일관된 여성 젠더 정체성을 가리키는 말로는 쓰이지 않는다.

크로스드레싱(cross-dressing), **크로스드레서**(cross-dresser)

잔 다르크처럼 태어났을 때 주어진 성별이 아닌 다른 성별의 옷을 입는 행위를 가리킨다. 트랜스베스타이트(transvestite)라고도 한다. '트렌스젠더'라는 말이 있기 전에는 크로스드레서라는 말이 종종 대신 쓰였다. 하지만 오늘날에는 두 개념이 다르다. 성전환 여성(m2f)은 여성이기 때문에 자신의 성별에 맞는 옷을 입는 것이지 크로스드레서가 아니기 때문이다.

투 스피릿(two-spirit)

북미 원주민(아메리칸 인디언) 용어로 한 사람 안에 남성과 여성이 모두 나타나는 정체성을 포함하는 수십 개의 캐나다 원주민 정체성을 모두 일컫는 말로 1990년에 채택되었다.

트랜스베스타이트(transvestite) → 크로스드레서

트랜스섹슈얼(transsexual)

트렌스젠더 안에 속한 하위개념이다. 호르몬 치료나 성확정 수술(성전환 수술), 또는 이 모든 요법을 통해서 한쪽 성에서 다른 쪽 성으로 신체를 전환하고 싶어하거나 전환 중이거나 또는 이미 전환한 사람을 뜻한다. 이 용어는 '트랜스젠더'가 대중적으로 사용되기 전에 더욱 광범위하게 사용되었던 말이다. 러네이 리처즈는 트렌스섹슈얼의 한 예이다.

트랜스젠더(transgender)

태어날 때 주어진 생물학적 성과 스스로가 느끼는 젠더 정체성이 일치하지 않는 사람이다. 예를 들어 의사가 "아들입니다!"라고 선언했는데, 그 아이가 자라서 스스로의 내면이 여자라고 느끼면 트랜스젠더인 것이다. 트랜스젠더는 많은 정체성을 포괄하는 개념이다. 줄임말로 '트랜스(trans)'라고도 한다. '트렌스젠더'라는 용어는 1970년대부터 쓰이기 시작했다.

LGBTQ

레즈비언, 게이, 양성애자, 트랜스젠더, 퀴어의 첫 글자를 모아 만든 용어다. 마지막 Q는 의문(questioning)을 의미하기도 한다. 의문이란 것은 아직까지 자신의 생물학적 성이나 사회학적 성을 알아내지 못한 상태에 있는 사람들을 뜻한다. LGBT와 GLBT 역시 같은 약자다. LGBT 말고도 이처럼 첫 글자를 줄여 만든 용어는 많다. 'I'는 간성을 뜻하고, '2S(two-spirit)'는 북미 원주민들의 문화에서 나타나는 전통적인 제3 성별을 의미하며, 'A'는 무성애자 혹은 앨라이(ally, 성소수자 차별에 반대하고 연대하는 이성애자 시스젠더—옮긴이)를 뜻한다. 이런 식으로 첫 글자가 계속 길어짐에 따라(예를 들어 LGBTTIQQ2SAA같이 용어가 길어졌는데도 여전히 포함되지 않은 정체성이 있을 정도다) 비이성애적, 논시스젠더 정체성을 가진 모든 사람들을 일컫는 말로 '퀴어'의 인기가 덩달아 높아지고 있다.

they, them, their

영어에서 이들 대명사들은 여성을 가리키는 she/her/her나 남성을 가리키는 he/him/his을 대신하여 성별 중립적 단수 대명사로 사용되고 있다. 이 책에서는 '그이'로 옮겼다.

더 알아보기

역사에 한 획을 그은 주요 인물 정보를 더 알아보고 싶다면 :

www.sarahprager.com/queerthere

퀴어의 역사를 알려주는 웹사이트, 앱, 소셜 미디어 프로젝트 및 기타 온라인 자료 목록을 보고 싶다면 :

www.quistapp.com/online-resources

감사의 말

이 책 편집인인 하퍼콜린스 아동도서팀 주간 새러 사전트가 아니었더라면 이 책은 나올 수 없었을 것이다. 새러는 이 프로젝트를 구상하고 나에게 글 쓸 기회를 주었다. 그녀는 이 책이 나아갈 길을 보고 실현시킨 사람이다. 고맙다는 말로는 부족할 정도다. 새러는 나의 삶을 더 좋게 변화시켜 주었다.

이 책 편집자 리베카 페이스 헤이먼이 아니었더라면 나는 이 책을 쓸 수 없었을 것이다. 리베카는 인내와 속도, 재능을 모두 다 조합하고 발휘하여 이 책의 단어를 일일이 교정해주었다. 그녀가 이 프로젝트에 합류해주어서 이루 말할 수 없이 감사함을 느낀다. 또한 나의 담당자인 캐리 하울랜드에게도 고마움을 표하고 싶다. 캐리는 이 모든 과정 동안 놀라운 자원이자 팀원이 되어주었다. 그녀가 보내준 모든 도움에 매우 감사하는 바다. 그리고 지치지 않고 이 책을 작업해준 놀라운 인물인 애너 프렌델라에게도 고맙다고 말하고 싶다. 딜런 디지오반니, 러네이 카피에로, 메건 겐델, 조에 모어 오페럴, 레일라 러프, 애너 엘리스, 데지레 알라니즈, 제이콥 반라메런, 아드리아나 시스코, 진 글린, 트레이시 배리와 매트 배리, 오드라 프렌드, 데비 리처즈, 수잔 스팬, 로비 새뮤얼스, 수잔 스트라이커, 캐롤린 올리버와 벤저민 올리버, 매트 라이언스, 스튜어트 밀크, 미리엄 리히터, 리베카 무이, 로빈 옥스, 셰인 비트니 크론, 케빈 제닝스, 메러디스 러소, 새러 맥캐리, 호세 구티에레스, 낸시 몰린, 스테이시 엔드레스, 미첼 소프, 오드리 디스텔캠프, 앨리슨 클랩서, 리즈 바이어, 로저 캔텔로, 웰링포드 공립도서관의 모든 직원 여러분과 그밖에 도움을 주신 모든 분들에게 감사를 표한다.

또한 퀴스트 팀 여러분 모두에게 고맙다고 말하고 싶다. 이들의 이름은 모두 www.quistapp.com/supporters에 올라와있다. 하지만 그중에서도 특히 크리스 자카의 이름을 이 책에 싣고 싶었다. 퀴스트를 실제로 만들어낸 그가 초반부에 보여준 놀라운 도움에 언제나 감사해야 하기 때문이다.

또한 이 책에서 간략하게 소개한 각 인물들에게 고마움을 전하고 싶다. 이 책에 등장한 인물들에게 이야기를 써도 되겠느냐고 개인적인 허락을 모두 받는 건 불가능한 일이었다. 하지만 나는 그분들이 그토록 거리낌 없이 살아왔다는 사실로 미루어 보아 살아있었다면 허락을 해주었을 것이라 생각하고 싶다. 한 인물 한 인물이 모두 개인적으로 내게 영감을 주었고 이토록 놀라운 인물들과 어깨를 나란히 하고 설 수 있어 자랑스럽다. 또한 내가 자문을 구한 모든 책들과 자료들을 창작한 연구자들과 저자들에게도 큰 신세를 졌다. 이들의 노력 덕분에 내가 이 책에 등장하는 인물들의 이야기를 할 수 있었다.

또한, 이 책에 수록되지 않은 사람들에게도 감사를 표하고 싶다. 『퀴어의 세계사』를 쓰기 시작했을 당시 나는 이보다 훨씬 더 지리적으로 다양한 나라에 살았던 인물들의 이야기를 쓰겠다는 원대한 포부가 있었다. 하지만 시간과 연구의 한계 때문에 정말로 쓰고 싶었던 이야기 몇 가지는 결국 쓸 수가 없게 되었다. 예를 들면 프란치스코 마니콩고(Francisco Manicongo)의 이야기가 그랬다. 이 사람들의 이야기들을 가지고 이 책의 한 장을 채울 수 있을 만큼의 자료를 세세하게 찾느라고 꽤 많은 시간을 들였지만 아쉽게도 기록이 너무 빈약해서 이 책의 형식에 걸맞게 탄탄한 이야기로 써낼 수가 없었다. 하지만 다른 곳에서라도 쓰지 못했던 이들에 대해 우리가 반드시 알아야 할 것을 계속 말함으로써 그들을 개인적으로 기억하겠노라 약속한다.

우리 가족 모두에게, 특히 부모님인 베브와 리치 프레이거, 이모인 멜 줄리언, 그리고 누이인 알렉스 스캘파노에게 감사하다. 우리 가족은 이 책을 집필하는 과정에서 참 많은 방식으로 나를 지지해주었다. 아내인 리즈 프레이거의 역할이 가장 컸다. 아내가 없었더라면 나는 아무것도 할 수가 없었을 것이고 설사 할 수 있었더라도 절대로 하고 싶지 않았을 것이다. 리즈, 너는 2013년의 어느 날, 내가 그저 마음이 동해서 무턱대고 연구를 시작한 그 순간부터 지금껏 내가 이 정신없는 퀴어 역사책 쓰는 일을 지지해 주었어. 너는 항상 나의 최초의 편집자이자 보조 연구자였고 나의 치어리더였어. 이 책은 너의 것이기도 해. 나에게 네가 필요할 때마다 언제나 내게 있어 주었고, 그래서 너와 함께하는 나는 정말 행복해.

또한 우리의 사랑스러운 아기, 이 책을 쓰는 동안 뱃속에서 무럭무럭 큰 엘리너 허마이오니에게 이 책을 바친다. 엄마들은 너를 정말로 사랑한단다. 때를 딱 맞춰서 세상에 박차고 나와주어 고마워. 네가 실비아의 강인함과 하비의 용기, 델과 필리스의 헌신적인 마음을 지닌 사람이 되어주길, 그리고 무엇보다도 우리 함께 힘을 모아 사랑스럽고 안전한 세상을 같이 만들어가길.

퀴어의 세계사

세계사를 바꾼 23명의 LGBT 이야기

펴낸날	**초판 1쇄 2021년 12월 31일**
지은이	**새러 프레이거**
옮긴이	**심연희**
펴낸이	**심만수**
펴낸곳	**(주)살림출판사**
출판등록	**1989년 11월 1일 제9-210호**
주소	**경기도 파주시 광인사길 30**
전화	**031-955-1350** 팩스 **031-624-1356**
홈페이지	**http://www.sallimbooks.com**
이메일	**book@sallimbooks.com**
ISBN	978-89-522-4352-2 03840

※ 값은 뒤표지에 있습니다.

※ 잘못 만들어진 책은 구입하신 서점에서 바꾸어 드립니다.